Bob Odenkirk • Jede Menge Mumpitz

Bob Odenkirk

Jede Menge Mumpitz

Aus dem Amerikanischen
von Alexander Wagner

KEIN & ABER
POCKET

Für Naomi. Danke, dass du so viel
Nachsicht mit mir zeigst.
Lass bitte nicht locker.

Die ersten zwei Verse des Gedichts auf S. 17 wurden übertragen von Christian Enzensberger. In: Lewis Caroll: *Alice hinter den Spiegeln*, Frankfurt a. M. 1974.

Die Originalausgabe erschien 2014 unter dem Titel
A Load of Hooey bei McSweeney's, San Francisco

Coverbild: Ben Leuner / AMC
Illustrationen im Buch: Tony Millionaire
Comicillustration: Scott C.
Satz: Maurice Ettlin
Druck und Bindung: CPI – Ebner & Spiegel, Ulm
ISBN 978-3-0369-5986-3
Auch als eBook erhältlich

www.keinundaber.ch

»Verschwenden Sie kein Geld
auf dieses Buch – es ist jede Menge Mumpitz.«

*Aus der Merriam-Webster Definition
für »Mumpitz«*

ÜBER DEN AUTOR

*Bob Odenkirk steckt unter einer Katze fest,
während er jemandes Glas Wein
und eine stinkende alte Pfeife hält.*

DIE ODENKIRK-GEDÄCHTNIS-BIBLIOTHEK

Das vorliegende Buch ist Teil einer Reihe humoristischer Werke unterschiedlichster Autoren, ausgewählt und für gut befunden von dem (noch) lebenden amerikanischen Komiker Bob Odenkirk. Die in der OGB erscheinenden Werke umfassen Satire, Karikatur, Schwarzen Humor, Leichten Humor und Totalen Humor. Sie decken diverseste Themenfelder ab, vereint sind sie lediglich durch die Absicht, Lachen und ein angenehmes Gefühl der Zerstreuung hervorzurufen. In dieser Reihe werden keine Lehrbücher oder pornografischen Werke erscheinen (voraussichtlich).

INHALTSVERZEICHNIS

VORWORT

MAN SOLLTE NIEMALS EIN BUCH AUF DER TOILETTE LESEN

Von Miss Sally Penberton, Leiterin von Miss Sally's Mädchenpensionat und College für Innere Medizin

Hallo!

Hallo!

Jetzt folgt die kleine Kunstpause, in der ihr erwidern müsst: »Hallo, Miss Penberton, von Miss Sally's Mädchenpensionat und College für Innere Medizin!« Ausgezeichnet, Mädchen – mit Ausnahme von dir, Violet Madison. Du klingst wie eine Kuh. Wie oft muss ich es wohl noch wiederholen: Man soll nie mit offenem Mund sprechen! Es gehört sich nicht, dass ein Mann vor der Hochzeit deine Zunge sieht. Warum sollte man eine Kuh kaufen, wenn man ihre Zunge schon gratis gesehen hat?

Wenn ihr diese Zeilen lest, dann habt ihr Mr. Odenkirks Buch *Jede Menge Mumpitz* aufgeschlagen und / oder gekauft. Das freut mich sehr für euch, denn es wird euch mit Sicherheit eine angemessene Portion Lachen und etwas zwischen einem Dessertschälchen und einem Likörgläschen voll Kichern bescheren. Doch bevor ihr euch zu sehr hineinvertieft, möchte ich euch alle an die Goldene Regel erinnern: *Man sollte niemals ein Buch auf der Toilette lesen.*

Es gibt ebenso viele Gründe, niemals ein Buch auf der Toilette zu lesen, wie es Gabeln beim Tafelgedeck einer standesgemäßen Hochzeit gibt (nämlich siebenunddreißig). Einer der wichtigsten darunter ist möglicherweise die Haltung. Es gibt angemessene Haltungen für beides, für das Lesen, ebenso wie für die Darmentleerung, und sie sind in keiner Weise miteinander vereinbar. Die ideale Lesehaltung ist absolut aufrecht, in vollem Dinnerkorsett (den unteren Saum bis auf zwanzig Zentimeter Taillenumfang zusammenziehen), einen Fuß auf einer mit dem Fell des verstorbenen Familienhundes bezogenen Ottomane abgestellt, das Buch sorgfältig zwischen den Spitzen des Zeige- und des Ringfingers balancierend. Auf keinen Fall zusätzliche Fingerspitzen verwenden. Drei Fingerspitzen, um ein Buch zu lesen? HAHAHAHA, GUTER WITZ, MÄDCHEN!! ICH SCHÜTTE MICH AUS VOR LACHEN!

Ganz im Gegensatz dazu ist die ideale Haltung bei der Ausscheidung die sogenannte »Rosenknospe«. Ihr zieht eure Dinner- oder Freizeitkorsetts (beide gleichermaßen aus seltenem Fischbein gefertigt) immer enger und enger zu, bis die Ausscheidungsprodukte

Zentimeter um Zentimeter aus eurem anmutigen Anus (Anmus) gepresst werden. Wenn ihr dazu die Hilfe eurer Mutter oder eurer Gouvernante benötigt, nur zu. Nicht jeder Heranwachsenden gelingt die Rosenknospe immer auf Anhieb. (P. S. Ich muss immer noch über die drei Fingerspitzen beim Lesen lachen!! Wer hätte je so viele dazu benötigt!!!)

Idealerweise solltet ihr allerdings gar nicht erst auf die Toilette gehen, geschweige denn, auf ihr lesen. Erinnert euch: Es gibt keinen Mann, der den Toilettendeckel für euch öffnet! Damen sollten nur durch eine Tür schreiten, wenn ein Mann sie aufhält; dementsprechend sollten Damen eine Toilette nur benutzen, wenn der Mann den Deckel für sie aufgeklappt hat. Denn was ist ein Toilettendeckel anderes als eine Türe für euren Arsch? Ja, ich bin nicht nur eine Lehrerin für Etikette und eine Ärztin, ich bin auch Dichterin.

Die sachgemäße Benutzung einer Toilette erfordert eine genau festgelegte Vorgehensweise, die unter keinen Umständen geändert werden sollte. Niemals zu spät auf der Toilette eintreffen. Das Toilettenpapier zu einem kunstvollen Schwan falten (erst der Länge nach, dann in der Breite, eine schöne Spitze formen und zu guter Letzt für das Aroma etwas echtes Schwanenfleisch hinzufügen). Bemühe dich, die Rosenknospe möglichst gut hinzukriegen. Schreibe auf das Schwanenpapier ein kleines Dankeschön an dein Arschloch. Schreibe in Schönschrift – auch wenn es nur eine

Nachricht an deinen Allerwertesten ist! »Danke« deinem Allerwertesten, indem du ihn mit der Nachricht abwischst. Drücke die Spülung, unter ausschließlicher Verwendung des kleinen Fingers oder wahlweise auch des Daumens, der gewissermaßen der kleine Finger der Natur ist.

Ich bin üblicherweise mehr als nur ein bisschen skeptisch, wenn es darum geht, meine Mädchen zu einem gewöhnlichen Arzt zu schicken (will heißen, zu Personen, die keinen Abschluss an meinem College für Innere Medizin gemacht haben). Es ist weitaus stilbewusster, keines dieser aufdringlichen, »protzigen« Arztdiplome an die Wand zu hängen, und noch besser ist es, niemals einen Abschluss in Medizin gemacht zu haben (so ein Abschluss ist die allergrößte Protzerei von allen). Trotzdem solltet ihr nicht zögern und euren Hausarzt konsultieren, wenn das mit der Rosenknospe nur mangelhaft funktioniert. Ich habe mehr als eine Frau erlebt, die stilbewusst ihren Darm zu entleeren versuchte, und der dabei ein inneres Organ »geplatzt« (← medizinischer Fachterminus??) ist. Ich bin zwar keine Ärztin, aber ich bin eine Ärztin ohne Abschluss, und ich kann euch versichern, die Rosenknospe ist es allemal wert.

Es gibt viele andere Orte, an denen ihr dieses Buch lesen könnt. IHR BRAUCHT KEINE TOILETTE. Das sollte immer euer Mantra sein, ebenso wie »Meine Mitgift ist kein Spielzeug«. Ihr könnt dieses Buch in einer Vorstadtvilla lesen, die euer Ehemann für euch gekauft hat. Ihr könnt es auch auf einer Jacht lesen, die euer Ehemann für euch gekauft hat. Ihr könntet das Buch auf der Toilette lesen.

Ha, habe ich euch erwischt! Das war ein Test! Ihr DÜRFT dieses Buch NICHT auf der Toilette lesen! Ich bin nicht nur eine Dichterin, ich bin auch ziemlich ausgefuchst.

Ha HA!

Ich will euch ja keine Angst machen, aber den Frauen, die nicht die angemessene Toilettenetikette beachtet haben und dieses Buch auf der Toilette gelesen haben, sind ziemlich üble Dinge zugestoßen. Nehmt beispielsweise Miss Amanda Maple aus New York. Gerüchten zufolge hat sie dieses »Ha-ha-Buch« gekauft und konnte mit dem Lesen nicht warten, bis sie sich entleert hatte. Sie fügte sich Papierschnitte an ihrem *kleinen Schatzkästchen* zu, die im Endeffekt dazu führten, dass sie keine Kinder mehr gebären konnte. Aufgrund dieser Tatsache wurde sie prompt von ihrem Ehemann hinter dem Haus entsorgt. War es das wert? Ganz sicher nicht. Sie ist nicht mal zu den wirklich interessanten Teilen des Buches vorgedrungen. (S. 42-47).

Etikette ist eine fantastische Sache. Sie unterscheidet uns von den Tieren. (Die Dinge, die uns von den Tieren unterscheiden, in der Reihenfolge ihrer Wichtigkeit: Etikette, hohe Zäune, lange Zigaretten, Fischbein.)

Also, meine jungen Damen, beherzigt meine Lehren. Ich wünsche euch das Allerbeste bei euren Lese- und

Toilettenbemühungen. Viel Erfolg! Ich muss jetzt los, um eine Niere operativ zu entfernen und durch einen Diamanten zu ersetzen.

ANFÄNGE ODER EIN ANFANG ODER WIE DIESES BUCH ANFÄNGT

»Verdaustig war's und glasse Wieben
Rotterten gorkicht im Gemank …
Doch diesmal machten die glassen Wieben
Schluss mit lustig.«

– aus dem Trailer von Jabberwocky 3D, der Film (2015)

Wie fängt man ein Buch an? Ein Buchstabe, ein Wort, bald darauf ein Satz, dann ein weiterer, und plötzlich ist ein Absatz vollbracht – ein Absatz aus zwei ganzen Sätzen.

Dickens, Melville, Odenkirk, sie alle stellten sich dieser Herausforderung, und nur einer von ihnen ist daran gescheitert. Melville. »Nennt mich Ismael.« Nach so einem Anfang kann man es eigentlich gleich ganz bleiben lassen.

Ich bin in Berwyn, Illinois geboren. An jenem Tage verkündeten die Ärzte mit würdevollen Mienen: »Junge, 2950 Gramm.« Ich wurde beschnitten, und ich bin es bis zum heutigen Tage, da ich in den Folgejahren unwillig oder unfähig war, mir eine neue Vorhaut wachsen zu lassen. Genau genommen war ich unfähig, denn ich habe es mehrfach versucht – mit Cremes und Pillen und allen möglichen Arten der Massage, doch vergebens. Das Vorhautvorhaben verlief fruchtlos, und keine frisch verhüllende Vorhaut florierte auf meinem Phallus. So, das war der erste und letzte Versuch, mich in diesem Buch einer poetischen Sprache zu befleißigen.* Gern geschehen.

Doch genug von meiner Person. Das ist ja das Problem bei Biografien, ob Auto- oder sonstige. Immer heißt es da, ich, ich, ICH … Wie stehts denn mit den anderen Menschen? Wenn ich mir zum Beispiel eine Biografie des Präsidenten Harry S. (Sissilopolus**) Truman vornehme, dann will ich etwas über Winston Churchill erfahren. Und zwar sofort! Dieses ganze »Truman hat dies getan, Truman hat jenes getan«! Wie furchtbar öde. Ich will Abwechslung! Gebt mir Wahlmöglichkeiten, Variationen, streut ein bisschen Harriet Tubman in mein Trump: *Die Biografie*. Es ist echt nicht meine Schuld – ich habe ein Aufmerksamkeitsdefizitsyndrom; das habe ich mir auf einem Toilettensitz eingefangen; übrigens der beste Ort, um ein Buch zu schreiben oder zu lesen, egal was uns diese alten Mädchenpensionatsschachteln immer weismachen wollen.

* mit Ausnahme der Gedichte natürlich

** glaube ich jedenfalls

Jedenfalls habe ich, irgendwie, angefangen und bin Melvilles Fluch entgangen … Bitte lesen Sie weiter.

EIN PORTRÄT DES KÜNSTLERS

Er wurde noch nie interviewt. Er wollte sich weder zu einem persönlichen Gespräch treffen, noch ein Telefoninterview machen oder für ein Porträt stillsitzen.

Er hat niemals einen Film gedreht, ein Bild gemalt, oder ein Gedicht verfasst; er hat kein einziges Foto geschossen, keine Büste modelliert oder »versucht« überhaupt »irgendetwas« zu schaffen. Und dennoch hat er die Kunstwelt im vergangenen Jahr elektrisiert und ganz New York in seinen Bann geschlagen. Er wurde vom *Scene There, Done That* Magazin gerühmt als »im schlimmsten Falle abgründig« und »im besten Falle erstaunlich weitschweifig«. Er erhielt vom *BaffleMags* 12 von 10 möglichen Punkten in der Rubrik »Die City-Szene nach Punkten«, und er wurde vom *ArtScrape Magazeen* im mittsommerlichen Jahresrückblick dreimal (in derselben Liste) zum »peinlichsten Promi« gekürt.

Als ich vom Magazin *Die Küchengerüchte* den Auftrag erhielt, ein Porträt über ihn zu schreiben, wusste ich nicht mehr über seine Person als den üblichen Klatsch und Tratsch. Aber als ich ihn dann genauer unter die Lupe nahm, bestätigte sich der Klatsch und Tratsch und das ganze Geraune aus der Gerüchteküche. Die hier folgenden Zitate stammen allesamt aus einer Infobroschüre seines PR-Managers und sind in keiner Weise als »die Wahrheit anzusehen«.

Vermisst!

Er ist ein Mann fester Gewohnheiten, weil er glaubt, »sie vereinfachen das Leben und schaffen Raum für Geistesblitze«. Dementsprechend steht er jeden Morgen um 7:43 Uhr auf, macht den Tag über Nickerchen und geht dann exakt um 3 Uhr morgens wieder ins Bett.

Tagein tagaus trägt er dieselbe »Uniform«: Mokassins, Frackhosen und dazu wechselnde Pyjamaoberteile, die L.L. Bean speziell für ihn entworfen hat. Sein Gesicht ist verborgen hinter seinem Markenzeichen: der vergitterten Eishockeymaske.

Er trägt einen Monat lang immer dieselbe Unterhose, dann zieht er eine frische über die alte, bis er zwölf Unterhosen übereinander anhat und somit weiß, dass Neujahr kurz bevorsteht.

Zum Lunch verspeist er stets zwei Hotdogs ohne Brötchen, ein Stück Zitronenkuchen und eine halbe

Flasche Yoohoo-Schokolade, Zimmertemperatur. Er schmeißt alles in eine Schüssel, mixt es, stellt es in die Mikrowelle, löffelt es wie Porridge und meint, es hinterlasse in seinem Mund einen Nachgeschmack von »Pappdeckel«.

Einmal pro Woche baut er einen Weihnachtsbaum auf, schmückt ihn, um ihn gleich am nächsten Morgen wieder hinunter auf die Straße zu schleppen und dort abzustellen. Sein Müllmann hasst ihn.

Dienstage ignoriert er. Er trägt eine Uhr, die er absichtlich um exakt 12:00 Uhr zerschlagen hat. Mit dem Ergebnis, dass er seinen eigenen Geburtstag um ganze drei Monate verpasst hat.

Seit zehn Jahren beschäftigt er denselben Assistenten – seine Katze Rodolfo. Er bezahlt Rodolfo mit Heuschrecken. In Folge dessen musste sein Apartment im East Village in den letzten sechs Jahren dreimal wegen Heuschreckenbefalls vom Kammerjäger entseucht werden.

Jeden Abend liest er sich selbst durch ein Megafon die aramäische Bibel vor. »Es ist die perfekte Mischung aus Tradition und Moderne«, weiß er zu berichten.

Der Künstler wurde getauft, beschnitten, exorziert und im Ganges gebadet – alles in einem hektischen Monat der »Selbsterforschung«. Allerdings betrachtet er inzwischen sämtliche Religionen als »zu buchstäblich, um glaubwürdig zu sein«.

Er hat drei Kinder von vier Frauen, denen er niemals begegnet ist.

Er hat einen Mann adoptiert, der älter ist als er selbst, den er liebevoll als seinen »Großbruder« bezeichnet und dem er dreimal im Jahr Geburtstagskarten schickt.

Von sich behauptet er, »alle Arten von Zeichnungen« zu verabscheuen.

Er wählt republikanisch und sagt, Ronald Reagan »vor allem wegen seiner Silhouette« verehrt zu haben.

Seine Lieblings-TV-Serie ist »*Mayberry RFD*«. Gleichzeitig läuft ein Grateful-Dead-Live-Bootleg aus dem Madison Square Garden vom 9. April 1979 in voller Lautstärke und übertönt alles ... allerdings nur die zweite Hälfte der Sendung.«

Er schmeißt jedes Jahr eine Super-Bowl-Party und zwar immer einen Tag nach dem Super Bowl. Er verschließt seine Wohnungstür, sobald das aufgezeichnete Spiel »startet« und öffnet sie erst wieder, nachdem er die anschließende Spielzusammenfassung für sich selbst noch einmal zusammengefasst hat. Er lädt nur eine einzige Person zu dieser Party ein: sich selbst. Auf Video zeichnet er auf, wie er die Einladung zur Party erhält, seine Zusage verschickt, die Antwort erhält, sich auf der Party willkommen heißt, Chips isst und das Team seiner Wahl anfeuert. Niemand hat diese Aufzeichnungen je zu Gesicht bekommen, und wie er selbst erklärt, »wird sie auch nie jemand sehen – sie sind allein zu meiner Selbsterbauung bestimmt.«

Als der Vater des Künstlers, ein pensionierter Klempner aus Nyack, New York, um einen Kommentar zum

Leben und Werk seines Sohnes gebeten wurde, schüttelte er nur den Kopf und brummte: »Der Kerl ist eine totale Mogelpackung.«

Die Bibel, Qumran-Ausgabe – ungekürzte Fassung

»*Die Wölfe werden bei den Lämmern wohnen und die Leoparden bei den Böcklein liegen. Kälber und junge Löwen und Mastvieh weiden zusammen und ein kleines Kind führt sie an*, ein blindes Kind; ein blindes Kind, das sich selbst verirrt hat. Dieses Kind wird keine Orientierung haben und sein eines Bein wird kürzer sein als das andere – daher wird es im Kreise gehen. Das Kind wird rotes Haar und Mundgeruch haben. Das mit der Haarfarbe hat keine Bedeutung; der Mundgeruch ist dafür umso schlimmer. Das Kind wird schwach im Geiste sein, nicht in der Lage zu komplexen Gedankengängen, unfähig, einander wiedersprechende Sichtweisen anzuerkennen oder differenzierte Meinungen zu vertreten. Doch es wird ein gütiges Gesicht haben, wozu auch immer das gut sein soll. Ein gütiges Gesicht und die Fähigkeit, Sachverhalte in Schubladen zu stecken – vielleicht hat es aber auch nur einen Dachschaden, doch es ist nicht an mir, das zu beurteilen. Doch so wird es sein, denn die Letzten werden die Ersten sein. Eigentlich sollten sie die ganze Kolonne umdrehen und in die andere Richtung marschieren lassen, denn am Ende geht ein intelligenter, umsichtiger, erfahrener, erwachsener Mann; ein echter Experte für Fortschritt. Aber das wird nicht geschehen, denn der Experte wird gering geschätzt werden. Wie auch immer, alle werden im Kreise gehen, einem völlig Ahnungslosen folgen und deswegen bitterlich enden. Das wird kein schöner Anblick werden.«

»HAT MICH NICHT ÜBERZEUGT«

Wenn Sie jemals unter mangelndem Selbstwertgefühl leiden sollten, wegen Ihrer eignen Erfolglosigkeit, Ihrer totalen Inkonsequenz, Ihres kleinen, unbedeutenden Lebens – dann nehmen Sie sich einen Augenblick Zeit und schreiben Sie einige Internetrezensionen über die Werke anderer Leute.

HUCKLEBERRY FINN

EIN STERN – HAT MICH NICHT ÜBERZEUGT

VON *HERRJEDERMANN*

Erstmal vorweg, ich bin TOTAAAALER Twain-Fan. Ich habe alles von ihm gelesen und fand seine Bücher total super, aber irgendwie ist mir dieses eine bisher immer entgangen. Na ja, aber dann haben alle in meinem »Buchclub« bei der Arbeit mir versichert, ich müsste diesen »hammermäßigen« »Klassiker« »dringendst« lesen. Also habe ich Unsummen für einen Bibliotheksausweis hingeblättert und es versucht. SPOILER ALARM – es ist GRAUENHAFT! Eine endlose Flussfahrt ins Nichts!!

Literarische Masturbation aufs Onanistischste! Was hat Twain sich dabei gedacht? *Vermutlich gar nichts!* Huckleberry Finn ist ein mieser Charakter, der einen befreiten Sklaven auf einem ziemlich schlampig zusammengezimmerten Floß den Fluss mit runter nimmt. Unterwegs sehen sie ein paar Sachen, das Floß kippt fast um, Rhabarber, Rhabarber, Rhabarber … Ende der Geschichte. Außerdem ist alles in so einer Art albernen Kindersprache geschrieben. War vielleicht Mr. Twains Computertastatur zu der Zeit im Eimer? Echt enttäuschend. Ich habe das Buch zu spät zurückgegeben und musste auch noch STRAFE ZAHLEN! Ich habe auf der Stelle meinen Bibliotheksausweis und die Mahngebührenquittung in der Luft zerrissen. Ich will meine wertvolle Zeit zurück!

DIE BEATLES – DAS WEISSE ALBUM

NULL STERNE – HAT MICH NICHT ÜBERZEUGT

VON *HERRJEDERMANN*

Um das klar zu stellen: Ich bin MEEEEGA-Beatles-Fan! Echt! Ich habe alle ihre Alben, inklusive aller Neuausgaben UND ihrer wirklich witzigen Weihnachtsgrüße an die Fans. Ich besitze über sechzig Bootlegs! Aber irgendwie ist in all den Jahren dieses legendäre »namenlose« Doppelalbum immer an mir vorbeigegangen. Als mich dann neulich eine Kollegin bei der Arbeit mit meiner The Beatles!-Krawatte sah und diese kommentierte (sie gefiel ihr) und dann herausfand, dass ich das »*weiße*« Album noch nie gehört hatte, BESTAND sie darauf, dass ich es sofort anhöre, und rannte runter zu ihrem Auto, um es zu holen. Ich konnte kaum erwarten, die Scheibe in den CD-Player zu schieben, bereit für ein weiteres brillantes Beatles-Meisterwerk. Aber alles, was ich dazu sagen kann, ist: »Ich hasse euch Beatles, oh yes, I doooo!« Spoiler Alarm – Es ist GRAUENHAFTE MUSIK! Mir wären fast die Ohren aus den Höhlen gefallen. Versucht doch selbst, in diesem Chaos eine einzige Melodie zu finden – unmöglich. Angefangen mit dem monotonen *Blackbird* über das witzlose Beach-Boys-Nachgeäffe *Back in the USSR* bis hin zu den dumpfen *While my Guitar Gently Weeps* und *Honey Pie*, wo man sich echt fragt, was sie sich nur dabei gedacht haben – vermutlich gar nichts, sie haben einfach nur stumpf auf ihren Gitarren herumgeschrubbt. Totale Panne! Kein Wunder, dass sie ihre Gesichter nicht vorne drauf haben wollten!! Und jetzt weiß ich auch, warum das Ding keinen Titel hat und man es »Das weiße Album« nennt – einfach weil man nicht das Wort »SCHEISSE« auf ein Albumcover drucken darf. Ich habe versucht, es am nächsten Tag zurückzugeben, aber die Kollegin, die es mir geliehen hatte, hatte vorzeitig ihren Job gekündigt; vermutlich war sie dankbar, dass sie diesen musikalischen Schrott bei jemand anderem abladen konnte!

FRANCIS FORD COPPOLAS DER PATE - TEIL I UND II

½ STERN – HAT MICH NICHT ÜBERZEUGT

VON *HERRJEDERMANN*

Um eines vorauszuschicken: Ich mag, ja ich liebe ALLES von Frank Coppolo: von JACK angefangen über SWORDFISH bis hin zu der PATE TEIL III – aber irgendwie sind mir diese beiden Streifen bisher immer entgangen. Alle bei der Arbeit haben mir versichert, ich müsste Francis Coppolos »Der Pate - Teil I und II« anschauen. Warum? »Dumme Frage!«, schrien sie mich an. »Er hat ein paar Oscars gewonnen!« UND WOFÜR? – FÜR EINSCHLÄFERNDE LANGEWEILE?!! Es ist ein unzusammenhängender Mischmasch aus Geschichten, die mittendrin anfangen, wieder aufhören, und dann plötzlich, wie aus dem Nichts, gibt es eine MONTAGE aus GEWALT!! (Übrigens: »*Montage*« ist ein Wort aus dem Französischen, das so viel bedeutet wie »Der Filmemacher hat mit den Händen in der Luft herumgefuchtelt und gerufen: ›Keine Ahnung, was das alles bedeuten soll – macht IHR euch doch einen Reim darauf!‹«) Also, worum ging es bei dieser ganzen Taufszene?

Hatte das irgendetwas zu BEDEUTEN? Da hat der alte Coppolo wohl etwas zu tief ins Glas geschaut, ich meine, musste das echt sein? Und DER PATE – TEIL II ist KEIN BISSCHEN BESSER – öde, schlampig gemacht, ohne echten Plan, und für meinen Geschmack zu »ethnisch« – also, ich meine, wenn ich eine breit angelegte Geschichtslektion will, kann ich auch zurück in die Grundschule gehen! Der einzige Grund, warum die Streifen von mir einen halben Stern kriegen, ist, weil sie die Vorläufer des exzellenten DER PATE – TEIL III sind. Leute, schaut euch den an, vergesst die anderen beiden, und dankt mir, dass ich euch das erspart habe. Gern geschehen!

DIE BIBEL, LUTHER-AUSGABE

NULL STERNE

VON *HERRJEDERMANN*

Nur um es vorweg zu sagen: Ich bin echter Fan sämtlicher Schriften von Luther. Ich liebe einfach alles, was dieser Typ geschrieben hat – und zwar in der Originalsprache … ALTERTÜMLICHES DEUTSCH. Aber irgendwie ist mir dieses eine immer entgangen. JEDER in meiner Kirchengemeinde hat mich beschworen, ich »müsse« dieses eine »unbedingt« lesen – das »Buch der Bücher« nannten sie es, glaube ich. Also habe ich mich hingesetzt und es durchgelesen. Jedes einzelne Wort. Und alles, was ich dazu sagen kann, ist … »Puh«. Uninspiriertes Geschwafel. Das Buch ist höchsten als Türstopper zu gebrauchen! Echt nichts Besonderes. Endlose Ausführungen darüber, wer alles mit wem verwandt ist, und ein paar SEHR FRAGWÜRDIGE übernatürliche Geschichten, aus denen man wohl irgendeine Lehre ziehen soll. Die Hauptfigur des zweiten Buches hat ein paar magische Fähigkeiten, aber Harry Potter braucht sich wohl keine allzu großen Sorgen zu machen, von seinem Thron als Fantasy-Held-Nummer-Eins gestoßen zu werden – die einzige magische Kraft, die Jesus für mich besessen hat, war, chronische Einschlafstörungen zu besiegen!! Schade um all die Sonntage des vergangenen Jahres, die ich darauf verschwendet habe!! Spart euch euer Geld und kauft euch lieber einen großen Messinghund, der euch die Tür aufhält. Ihr werdet mir dankbar sein.

IHR LACHEN

Bereits bevor Angelisse und ich Hochzeitspläne schmiedeten, zu der Zeit, als wir gerade frisch zusammen waren – wild, ekstatisch, hyperaktiv –, warnten mich die Menschen unserer Stadt (New York City – schlagen Sie es nach!), dass meine A'Lisse (einer meiner vielen Kosenamen für Angelisse) ohne Zweifel faszinierend, bezaubernd und voller fantastischer Eigenschaften sei, mich ihre einzige Schattenseite jedoch vor große Herausforderungen stellen würde. Diese Menschen flüsterten mir das heimlich zu oder schrieben mir E-Mails, die alle in mahnenden Großbuchstaben verfasst waren.

Ich werde Ihnen beizeiten noch von ihrer einzigen dunklen Seite berichten, doch lassen Sie mich zuerst das Unmögliche versuchen – all die positiven Eigenschaften meiner zauberhaften Angel zu schildern, deren Charakter ein wahres Festbankett menschlicher Vortrefflichkeiten war.

Ihr Verstand funkelte wie die zahllosen Facetten eines Brillanten und war zugleich wie ein stählernes Fangeisen, das um das Ende eines spitzen Stabes wirbelte. Ich wünschte, ich würde hier einfach nur unpassende Metaphern miteinander vermischen, aber ich schildere Ihnen lediglich ihren wahren Bewusstseinszustand.

Ihr Geist – nun ihr Geist war einfach unverwüstlich. Sie ergriff jede Gelegenheit, um Kontakt herzustellen, und weigerte sich, auch nur an einer einzigen Menschenseele vorbeizugehen, ohne ihr inneres Wesen mit den Augen zu ergründen. In Folge dessen mieden wir größere Menschenansammlungen und Volksfeste, denn wir kamen so gut wie nicht voran.

Auch die äußere Erscheinung meiner Angel war unvergleichlich: ihre großen Augen, deren Form jede Mandel vor Neid hätte erblassen ließen, und ihre schmalen Handgelenke, gegen die jede Champagnerflöte hoffnungslos abkackte. Außerdem hatte sie ziemlich stramme Möpse.

Und dann war da ihr Lachen. Ihr Lachen überraschte die Menschen, denn wenn es kam, kam es sehr plötzlich und bewirkte, dass jeder sie auf der Stelle abgrundtief hasste. Es war kein schrilles Gegacker. Ein schrilles Gegacker wäre noch in Ordnung gewesen. Jeder hat schon mal schrilles Gegacker gehört und normalerweise kann man sich auch daran gewöhnen. Doch meine Angie mit den zarten Handgelenken hatte ein Lachen, das jede Hoffnung auslöschte. Es sorgte dafür, dass man sich am liebsten in die Ohren gebohrt hätte, bis sie bluteten, um sich dann die Augäpfel herauszureißen und eine Weile lang darauf herum zu trampeln. Es tötete alles Gute im Menschen ab, alle warmen Gefühle, und hinterließ eine kalte, rauchende Landschaft der Verwüstung. Der Klang ihres Lachens erzeugte einen Nachgeschmack, als hätte man eben die Kotze von jemand anderem geschluckt, vermischt mit kleinen Glassplittern, plus einer winzigen, pillenförmigen Atombombe.

Dieses Lachen war ihre einzige, eingangs erwähnte negative Eigenschaft. Gestatten Sie mir, dass ich noch etwas tiefer in dieses monströse schwarze Loch eintauche, das inmitten der filigranen Filamente ihres ansonsten funkelnden Firmaments verborgen lag.

Ihr Lachen verhinderte sogar, dass sie Jobs bekam! Egal wie gut sie sich bei einem Bewerbungsgespräch präsentierte, irgendwann platzte ihr Lachen heraus und plötzlich gab es keine freie Stelle mehr. Ein einziges Mal gelang es ihr, ihr Lachen zu bezwingen, und sie bekam ohne Probleme einen Job in einer Geschenkboutique um die Ecke. An ihrem ersten Arbeitstag versuchte ihr neuer Chef die Arbeitsatmosphäre mit einem harmlosen Wortwitz etwas aufzulockern. Sie lachte. Worauf er ihr erklärte, er müsste leider den Laden für eine Weile schließen, weil es ihm nicht gut ginge. Als sie ihn irgendwann anrief, um sich zu erkundigen, wann er wieder öffnen würde, erfuhr sie, dass er noch am gleichen Tag das Geschäft für einen Schleuderpreis verkauft hatte. Und wir reden hier über einen Familienbetrieb! Er war Eigentümer in der fünften Generation!

Ihr Lachen konnte ganze Menschenmassen zerstreuen. Sogar Menschenmengen, die für ihre Sitzplätze bezahlt hatten! Einmal gingen wir zu einem Open-Air-Rockkonzert, wo man Wein und Käse mitbrachte und auf einer Picknickdecke herumlag. Als Vorprogramm der Band trat ein Stand-up-Comedian auf. Sehr zum allgemeinen Verdruss liebte sie diesen Komiker und seine abgedroschenen Witze. Etwa nach der Hälfte seines Programmes war die ganze riesige Rasenfläche restlos entvölkert, bis auf Angelisse und mich! Die vollen Weinflaschen und Käsestapel waren unberührt zurückgeblieben. Die Leute müssen sich gesagt haben: »Scheiß drauf, ich kann mir jederzeit neuen Wein und Käse kaufen, aber dieses ohrenvergewaltigende Lachen kann ich keine Sekunde länger ertragen.« Zu allem Überfluss weigerte sich auch die Band irgendwann weiterzuspielen. Auch sie hatten ihr Lachen gehört! Es war eine Rockband aus den Sechzigern, berühmt für endlose Live-Improvisationen. Es war alles andere als eine gute Band – nur zwei von der Originalbesetzung waren noch dabei. Das Konzert war ein kompletter Reinfall. Wir bekamen nicht mal unser Eintrittsgeld zurückerstattet.

Ihr Lachen setzte schließlich auch unserer Beziehung ein Ende. Einmal sah ich, wie eine junge Mutter mit einem Irokesenschnitt ihren Kinderwagen durch den Central Park schob, und ohne die Konsequenzen zu bedenken, murmelte ich: »Vorsicht, Mutti ist auf dem Kriegspfad.« Angelisse lachte, das Baby schrie, zwei Hunde sprangen in den Teich, mehrere Boote kenterten, drei Pferde gingen durch und warfen die berittenen Polizisten ab. Es war ein Albtraumszenario, bei dem selbst Hieronymus Bosch ausgerufen hätte: »Scheiße, Mann, ich fasse es nicht!« In diesem Moment starb ein Teil von mir – und es war exakt der Teil, der bisher ihr Lachen toleriert hatte. Also drehte ich mich zu meinem »Zuckerschnütchen« um und erklärte mit kühler Gelassenheit: »Angel, mein Engel, ich muss dir etwas sagen, und du musst mir gut zuhören und mir glauben. Wirst du das?« Ihre bestätigende Miene verriet mir, dass sie dazu bereit war.

»Ich werde dich niemals heiraten können.« Das brachte sie (und ihr Lachen) zum Stoppen. Jetzt war natürlich eine Erklärung fällig, und zwar nicht irgendeine Erklärung – ich brauchte die überzeugendste Erklärung, die die Welt je gehört hatte. Inspiriert durch ihre suchenden Augen und den abgrundtiefen Hass auf ihr Lachen fuhr ich fort.

»Ich kann dich nicht heiraten, weil ich ein illegal eingewanderter Ausländer bin, AIDS habe, schwul bin, bereits zwei andere Ehefrauen habe und gerade einen Job in einem anderen Land angenommen habe … als Drogenschmuggler.« Ohne ihr die Zeit zu lassen, das alles zu verarbeiten, setzte ich nach: »Ich weiß, das ist jetzt etwas viel auf einmal für dich, aber du musst mir glauben. Man braucht mich in Kolumbien für den Kokainschmuggel, und nur so kann ich für meine beiden anderen Frauen sorgen und mir den täglichen ›Medikamentencocktail‹ leisten, der mein Immunsystem stabilisiert, außerdem habe ich gerade für ein zweijähriges Kunstprojekt unterschrieben, bei dem ich schwarze Flaggen rund um den Nordpol aufstellen muss. Aus dem Weltall gesehen ergibt das ein sehr hübsches Bild.«

Sie starrte mich für einen Moment an, dann platzte erneut ihr Lachen heraus, schändete meine Seele und ließ das Gras welken. Ich krümmte mich, alle krümmten sich, und ich sagte: »Außerdem kann ich dein bescheuertes Lachen nicht mehr ertragen. Du musst damit aufhören. Ich meine es ernst.«

Und so gingen wir getrennte Wege. Ich bin jetzt wieder allein und mache Dinner für einen. Aber ich glaube immer noch an die Liebe und träume von einer schweigsamen Frau mit mürrischer Miene, die nur wenige Freuden hat und völlig unfähig ist, über irgendetwas zu lachen.

EIN ENGEL GOTTES

Mir ist ein Engel Gottes erschienen. Ich fand das ziemlich cool. Zumindest erwähnenswert. Er verkündete mir, ich dürfte ihm jede beliebige Frage stellen und er würde mir wahrheitsgemäß antworten. Also fragte ich: »Welche Religion ist die einzig wahre?« Er überlegte einen Moment, dann erwiderte er: »Ich darf die Namen nicht nennen, aber ZWEI Religionen sind die einzig wahren.« »Zwei?«, staunte ich. »Wie kann das sein?« Er zuckte mit den Achseln und erwiderte: »Was soll ich sagen … so ist es nun mal.« Ich bat ihn: »Könnten Sie mir wenigstens helfen, es noch ein wenig einzugrenzen?« Er nickte und sagte: »Okay, ich sollte das eigentlich nicht tun, aber – ich kann Ihnen so viel verraten, Scientology zählt NICHT zu den einzig wahren. Hilft Ihnen das weiter?«

«Nein«, erwiderte ich. »Nein, das hilft mir nicht im Geringsten weiter.«

Berühmte Zitate – ungekürzte Fassung

»*Wenn du es erträumen kannst, dann kannst du es auch tun.* Ich meine damit natürlich nicht dich. Ich meine mich. Ich habe mit mir selbst gesprochen. Ist das bei dir angekommen? Ach, vergiss einfach, was ich gesagt habe.«

– Walt Disney

MEINE AUSBILDUNG ODER DIE AUSBILDUNG EINES ICHS ODER ICH NIX DUMM

Alles, was ich gelernt habe, habe ich auf der Straße gelernt. Allerdings hat mir die Straße nur wenig Algebra und absolut KEINE organische Chemie beigebracht. Der Unterricht fand zwar rund um die Uhr statt, aber ohne Schulbänke und ohne irgendwelche Lehrer, die auf Anwesenheit geachtet hätten, also kann man wahrscheinlich ebenso gut sagen, es gab gar keinen Unterricht. Aber glauben Sie mir, ich habe dort gelernt, dass alle Erwachsenen miese Heuchler und alle Kinder kleine Scheißer sind, und mehr braucht man eigentlich nicht zu wissen.

Zu Hause habe ich alles über die Liebe gelernt, insbesondere, dass man möglichst sparsam mit ihr haushalten sollte, damit die Quelle der Eigenliebe sich nie erschöpft. Wenn man Liebe zu großzügig verschenkt, wird man unvermeidlich in die miesen kleinen Leben anderer Leute verwickelt. Bäh.

Meinen Sinn für Mode habe ich entwickelt, indem

ich Berge von Schmutzwäsche durchwühlte und mich schließlich für die zuoberst liegenden Teile entschied.

Habe ich schon erwähnt, dass Hip-Hop mir das Leben gerettet hat? Gut, das hat er nämlich nicht.

Meiner Familie verdanke ich meinen Sinn für Humor. Aber Geld schulde ich ihnen keines. Ich habe kein Geld. Man hat mich nie für irgendwas bezahlt.

Puh … sind sie endlich weg? Gut. Denn in Wahrheit bin ich stinkreich.

Berühmte Zitate – ungekürzte Fassung

»*Wenn du durch die Hölle gehst, geh weiter.* Aber bitte hör auf zu schreien, das ist schlecht für die Moral.«

– Winston Churchill

LOUVRE-AUDIOTOUR FÜR HAUSEIGENTÜMER

Willkommen zur Louvre-Audiotour für Hauseigentümer in deutscher Sprache.

Der Louvre ist das berühmteste Kunstmuseum der Welt und die beliebteste Touristenattraktion in Paris. Mit mehr als fünfunddreißigtausend Kunstwerken und sechzigtausend Quadratmetern Ausstellungsfläche gibt es hier eine Menge zu entdecken. Wählen Sie einen beliebigen Flügel des Gebäudes aus, marschieren sie los und die Audiotour kann beginnen.

Bei den mehr als zweihunderttausend Besuchern, die jedes Jahr durch den Louvre trampeln, hat man klugerweise Parkett und keinen Teppichboden verlegt. Teppichboden hätte Staubsaugen bedeutet. Ständiges Staubsaugen. Ich meine, Staubsaugen rund um die Uhr. Glauben Sie mir, auch diese Holzböden verlangen ihren Tribut an Blut, Schweiß und Politur, und wenn Sie meinen, das wäre ein Kinderspiel, dann strengen Sie lieber noch mal ihr Köpfchen an. Man hat schon häufiger erwogen, die Besucher am Eingang die Schuhe ausziehen zu lassen, aber der Gedanke wurde immer verworfen. Können Sie sich das Chaos vorstellen? Museumsbesucher ziehen das falsche Paar Schuhe an, sie vergessen ihre Schuhe und gehen barfuß durch Paris, und am Ende verklagen sie das Museum, weil sie sich auf den schmutzigen Pariser Straßen fiese Krankheiten zuziehen? Vergessen Sie es, ganz im Ernst ... diese Idee wird niemals in die Tat umgesetzt werden.

Wenn Sie an das Ende der Galerie gelangen, wenden Sie sich nach rechts – oder links, ganz wie es Ihnen beliebt, ist völlig egal –, und Sie werden sehen, dass die meisten Hallen von natürlichem Tageslicht erhellt werden, das durch Oberlichter hereinströmt. Hübsch, nicht? Doch das bedeutet keineswegs, dass dieser Laden keine verfluchten Glühbirnen benötigt. Und wie viele verfluchte Glühbirnen? Mehr als hundertzwanzig die Woche, und die Dinger sind nicht gerade leicht zu ersetzen, das kann ich Ihnen versichern. Sehen Sie, wie hoch einige der Decken hier sind? Da brauchen wir verdammt hohe Leitern. Zur Hölle, wir haben hier Jungs, die allein damit beschäftigt sind, ständig Glühbirnen auszutauschen. Zumindest fühlt es sich manchmal so an. Ich will mich ja nicht beschweren, aber wer auch immer den Großhandel mit Glühbirnen auf der anderen Straßenseite betreibt, hat ausgesorgt – das Zeug kostet den einen oder anderen Euro, das können Sie mir glauben.

Tatsache ist, wir brauchen hier über zweitausend Angestellte, um den Laden in Schuss zu halten, und da ist das ganze Sicherheitspersonal für die Gemälde und Statuen und den anderen Krempel noch nicht mit eingerechnet. Haben Sie die Glaspyramide gesehen? Ich wette, Sie hätten keinen Spaß daran, das Ding sauber zu halten. Glauben Sie mir, das hätten Sie garantiert nicht, denn ich habe mit den Leuten gesprochen, die das Ding reinigen, und sie hassen es definitiv. Raten Sie mal, wie viel Glasreiniger man braucht, um all diese Fenster zu putzen? Tonnen. Zwei-Komma-zwei Tonnen im Jahr. Wir haben es gewogen.

Da wir gerade von Sicherheit sprechen, was hält eigentlich Leute davon ab, zu einem Gemälde zu spazieren, wenn einen Moment nicht so viel los ist, es aus dem Rahmen zu schneiden, unter die Jacke zu stopfen und pfeifend aus der Tür zu spazieren? Tja, jedes einzelne Bild und jede Statue ist komplett verkabelt und schon die leichteste Berührung löst einen Alarm aus. Außerdem sind an den Decken mehr als zweihundert Kameras angebracht, deren Aufzeichnungen von Wachleuten in irgendeinem anderen Raum überwacht werden. Dann gibt es noch die Jungs, die die Wachleute überwachen, und die Jungs, die die Jungs überwachen, die die Wachleute überwachen. Kleiner Scherz, aber wenn man am Ende des Monats die Rechnung auf den Tisch kriegt, vergeht einem wirklich das Lachen. Manchmal wünschte ich, wir hätten hier Gemälde, die nicht so ›einzigartig‹ oder ›selten‹ sind, aber versuchen Sie mal, das dem Direktorium beizubringen, verlassen Sie sich darauf – Sie werden ziemlich schnell niedergebrüllt.

Lassen Sie uns einige der Bilder betrachten. Was fällt Ihnen bei den Gemälden im Louvre als erstes auf? Richtig: Die Rahmen sind außergewöhnlich. Einige davon sind schöner als die Bilder! Raten Sie, was sie noch sind? Staubfänger. Es ist verrückt. Es ist fast so, als würden sie selbst Staub produzieren! Diese Dinger müssen alle drei Wochen mit größter Vorsicht abgestaubt werden. Man kann sie auch nicht einfach mit Pronto einsprühen, sondern muss dieses supersanfte Holzöl verwenden, sonst verrotten sie. Kein Witz! Es nervt total. Haben Sie immer noch vor, Ihr eigenes Museum zu eröffnen? Sie müssen bescheuert sein.

Haben Sie schon die Gemälde an den Decken gesehen? Einige dieser Räume haben genauso viele Bilder an den Decken wie an den Wänden! Wie sind die da hochgekommen? Man hat dazu diese gewaltigen Gerüste benutzt und sie müssen jedes Mal wieder aufgebaut werden, wenn die Bilder überprüft, gereinigt oder gewechselt werden sollen. Dabei sind die Bilder so weit entfernt, dass man sie sowieso kaum sehen kann. Außerdem muss zweimal im Jahr irgend so ein Franzose mit seinem langen Besen dort oben herumstochern, sonst würde das Ganze in Kürze ein einziger Spinnwebwald!

Während Sie durch diese Hallen wandeln, fragen Sie sich vermutlich, warum man das damals alles so aufwendig gestalten musste? Lassen Sie mich Ihnen was sagen, Sportsfreund, die Leute früher hatten einfach jede Menge Zeit. Aber wenn ich vor fünfhundert Jahren gelebt hätte, hätte ich meine Zeit sicher nicht auf das Schnitzen irgendwelcher öden Holzleisten verwendet, damit man sie dann in zwanzig Metern Höhe aufhängt, lieber hätte ich versucht, die Klimaanlage zu erfinden.

Tja, das war eine grundlegende Einführung in dieses Gebäude. Nachdem Sie es gesehen haben, werden Sie zugeben müssen, dass es als Museum ein ziemlicher Knaller ist – und einem ganz schön was abverlangt. Wenn sie eine freie Sitzbank finden, stürzen Sie sich darauf. Ich werde Ihnen sagen, wie viele Sitzbänke es im Louvre gibt: zu wenige. Ich habe vorgeschlagen, dass man für jedes Gemälde, das langweilig oder einfach ›so lala‹ ist, eine Bank aufstellt, aber auf mich oder meine ›Ideen‹ hört ja keiner mehr. Wie auch immer. Mittlerweile sind Sie wahrscheinlich ziemlich erledigt. Glauben Sie mir, ich weiß, wie Sie sich fühlen, ich arbeite hier.

Ich denke, ich spiele jetzt ein bisschen Musik für Sie. *Au revoir.*

PS: Im Untergeschoss befindet sich ein Starbucks – wir sehen uns gleich unten.

ICH PACKE AUS

Wenn ich für die Präsidentschaft kandidieren würde, würde ich als erstes eine Pressekonferenz abhalten, alle meine Leichen aus dem Keller holen und sie offen auf den Tisch legen. Auf einen Leichentisch, wenn es so etwas gibt – groß genug für mehrere Leichen.

Bevor ich meine Kandidatur für die Präsidentschaft der Vereinigten Staaten verkünde, möchte ich zu einigen Gerüchten und Anschuldigungen Stellung nehmen, die mit hoher Wahrscheinlichkeit aufs Tapet gebracht werden, sobald meine Wahlkampagne Fahrt aufnimmt. Ich möchte Sie warnen, ich werde offener sein als jeder andere Kandidat zuvor, also schicken Sie bitte jetzt die Kinder aus dem Saal.

Die erste und schwerwiegendste Anschuldigung wird wohl sein, ich hätte meine bezaubernde Frau Betty betrogen.

Ich habe meine bezaubernde Frau Betty betrogen.

Ich *habe* sie mehr als einmal betrogen. Mehr als zweimal. Mehr als dreimal. Ich könnte jetzt ewig so weiter machen, aber Sie haben vermutlich verstanden, wie der Hase läuft.

Ich habe Betty mit One-Night-Stands und einigen längeren Affären hintergangen. Ich habe sie mit Männern, Frauen, mit Gruppen von Männern und Frauen betrogen, und eine Person war »weder noch«, wenn Sie wissen, was ich meine.

Meine bezaubernde Frau Betty weiß nichts von all dem, doch wir werden es im Anschluss an diese Pressekonferenz zu Hause miteinander diskutieren, später in der Öffentlichkeit und am Ende möglicherweise auch vor einem Scheidungsgericht.

Also, ich war nicht immer freiwilliger Teilnehmer dieser – wie soll ich sagen – »Sexspiele«. Manchmal war ich betrunken. Einmal hatte ich die Augen verbunden. Zweimal wurde ich bezahlt. Einmal war es eine Mutprobe. Doch bei mindestens dreißig Gelegenheiten, an die ich mich erinnern kann, war ich ein kooperativer und bereitwilliger Teilnehmer. Nur damit Sie hier nicht den Eindruck bekommen, ich wäre leicht flachzulegen, oder als würde ich blindlings in etwas hineinstolpern. Tatsache ist, ich habe diese Augenbinde damals selbst angelegt! Die Medien werden es ohne Zweifel wieder fragwürdig finden, eine Augenbinde zu tragen, während man Sex mit zwei Leuten hat, die man erst seit ein paar Stunden kennt, aber ich versichere Ihnen, ich war auf Ecstasy und hätte in dem Zustand so gut wie alles ausprobiert.

Noch ein Wort zu meiner geliebten Frau Betty. Ich bin seit zweiunddreißig Jahren mit derselben wunderbaren, verständnisvollen und nichtsahnenden Frau verheiratet. Während der ganzen Zeit – während all diesem Sex mit anderen Leuten und all diesen wunderbaren Schweinereien – bin ich mit ihr verheiratet *geblieben*, und das erfüllt mich mit stillem Stolz darauf, was für ein anständiger Kerl ich bin. In all diesen Jahren habe ich nur eine andere Frau geheiratet und nur eine geheime Zweitfamilie gehabt, und das war in einem anderen Bundesstaat, über fünfzig Kilometer entfernt – und glauben Sie mir, diese zusätzliche Verantwortung, und natürlich auch das ständige Pendeln, waren alles andere als ein Zuckerschlecken. Meine Feinde werden versuchen, die Tatsachen zu verdrehen und mich der Polygamie zu bezichtigen, aber es handelte sich nicht um Polygamie, weil keine der beiden Frauen von der anderen wusste, und ich glaube, Polygamie bedeutet üblicherweise, dass die Frauen voneinander wissen, oder? Ich bin nicht sicher, ob ich damit richtig liege, aber ich werde es gleich nach dieser Pressekonferenz recherchieren und mich dann mit einer amtlich bestätigten Definition wieder an Sie wenden.

Diese blöden alten Schinken!

So, nun wissen Sie Bescheid. Ich habe ziemlich regelmäßig Ehebruch, Taschendiebstahl und diverse Gaunereien begangen, und jetzt ist es raus. Ach, ich habe bisher ganz vergessen, den Taschendiebstahl zu erwähnen? Also … ich bin ein Taschendieb. Ich mache das andauernd. Ich kann es einfach nicht lassen. Aber sobald ich als Präsident ständig vom *Secret Service* umgeben bin, werde ich dieses aufregende kleine Hobby sicher einschränken müssen. Andererseits machen es mir diese Jungs möglicherweise auch leichter – vielleicht können sie mich decken … Ja, das wird sicher großartig. Stimmen Sie für mich und für den Diebstahl im richtig großen Stil.

Berühmte Zitate – ungekürzte Fassung

»*Verrücktheit äußert sich darin, dass man immer und immer wieder dasselbe tut, dabei aber andere Resultate erwartet.* Und wenn das Gesicht deines Freundes zu allen vier Mitgliedern der Beatles mutiert, ist das ebenfalls ein sicheres Anzeichen.”

– Geflügeltes Wort bei den Narcotics Anonymous

MEIN MANIFEST

Wenn Sie dies lesen, bin ich bereits tot. Sollte meinem Plan Erfolg beschieden sein, werden einige verärgerte Menschen zurückbleiben und bei meinem Leichenschmaus* wird sich missbilligendes Gemurmel erheben – aus den weiter unten in dieser Schrift ausgeführten Gründen.

Dies ist mein Stein von Rosette, mein Manifest, und es erklärt den Sinn und die Hintergründe meiner Handlungen und meines Opfergangs – also lesen Sie es aufmerksam. Alle in GROSSBUCHSTABEN geschriebenen Worte haben stärkere Bedeutung als die Worte, die sich zu ihren Füßen ducken. Also lesen Sie bitte alle Worte in GROSSBUCHSTABEN innerlich ein klein wenig lauter, um den vollen Effekt zu erzielen.

Ich werde in der Folge darlegen, auf welche Art und Weise ich - und andere - von dieser VERKOMMENEN WELT permanent ABGESTOSSEN, ANGEWIDERT und ATTACKIERT wurden. Zunächst hat uns die

TECHNOLOGIE auf einen völlig falschen Kurs gebracht; unsere INFRASTRUKTUR bricht aufgrund von Schlamperei und Fehlentscheidungen in sich zusammen; die CHEMIE ist in einem Zustand des Chaos und des Ungleichgewichts; ANSTAND und SOZIALE WERTE sind so gut wie nicht mehr vorhanden. Das waren jetzt lediglich die Stichpunkte – ich habe noch eine Menge mehr zu sagen, also aufgepasst, hier kommen die DETAILS …

1. Die TECHNOLOGIE muss VERNICHTET oder zumindest MIT SKEPSIS BETRACHTET WERDEN. Der WENDEPUNKT war die Produktion des AKTUELLEN IPHONES. Bis dahin war alles PERFEKT und stand in absoluter Harmonie mit Natur und Gottes Absichten, aber diese neuen iPhones sind einfach … also, ich habe das aktuellste noch nicht, aber … es ist einfach ZU gut, wenn Sie mich fragen. Gott ist schließlich nicht blind, er ist SEHR sensibel, und sein Zorn offenbart sich auf verschiedenste Arten, nicht zuletzt auch durch DAS WETTER, und es war einfach ZU HEISS in letzter Zeit – merken Sie den Zusammenhang? Denken Sie darüber nach.

2 (oder 1B). Die INFRASTRUKTUR unserer modernen Gesellschaft ist aufgrund von Zersiedelung und MANGELNDEN RESSOURCEN absolut gefährdet. Die gesamte Asphaltierung ist in bedenklichem Zu-

stand und ziemlich rissig, ihre Schwächen zeigen sich überall. Am Ende meiner Straße ist ein massives Stück Teer von einem halben Meter Durchmesser HERAUSGEBROCHEN und wippt, ja es wippt buchstäblich auf einer Baumwurzel, die sich gewalttätig darunter hervordrängt. Der lose Asphaltbrocken kratzt an den UNTERSEITEN von Autos entlang. Auch von MEINEM. Jemand muss das REPARIEREN!

2B. Auch die CHEMIE hat völlig versagt, sie hat die Menschen heillos verwirrt, und sie stellt mich weiterhin vor Rätsel und zieht mich total RUNTER. Was soll das? Ist es nicht irgendwann genug damit, die Dinge immer weiter zu zerlegen und mit immer KLEINEREN PARTIKELN zu hantieren, die niemand mehr sehen oder an deren Namen er sich erinnern kann? Alles, was kleiner als »ein Teelöffel« ist, ist unnötig, macht mich ÄRGERLICH und beflügelt meinen PLAN, den ich in Kürze ausführen werde.

3. Der dritte Punkt wurde GESTRICHEN. Sie werden NIEMALS ERFAHREN, was der dritte Punkt war. Ich habe KEINERLEI MITLEID mit Ihnen, vielmehr bereitet es mir das größte Vergnügen, die Masse in die Irre zu führen, einfach weil sie grässliche TV-SHOWS ebenso sehr zu lieben scheint wie RICHTIG GUTE. Das FERNSEHEN geht den Bach runter … und NEIN, das war NICHT der dritte Punkt.

4. MEIN GÜRTEL ist zu lang. Ich habe ein zusätzliches Loch hineingebohrt, aber es sieht selbstgemacht und schäbig aus, und das überschüssige Ende des Gürtels BAUMELT LOSE HERUM.

SCHLUSSFOLGERUNG: DAS POLITISCHE SYSTEM Amerikas ist das beste der Welt. Unsere Vorväter waren sehr VORaussehend und wir verdanken ihnen alles. Doch das WAHLMÄNNERGREMIUM ist die wohl herausstechendste Institution dieses Systems. Es verhindert, dass die IGNORANTEN Massen auf das dumme Geschwätz eines BRABBELNDEN IDIOTEN hereinfallen und ihn in das oberste Amt des Landes wählen. BITTE BEHALTET DAS WAHLMÄNNERGREMIUM BEI. Wenn das Wahlmännergremium zum Zeitpunkt meines Todes IMMER NOCH EXISTIERT, dann werdet Ihr wissen, dass zumindest ein Teil meines PLANS wie GEPLANT umgesetzt wurde.

MEIN PLAN

Ich plane, mich in diese unfaire, ungerechte, technologisch mangelhafte, chemieverseuchte, politisch einzigartige Gesellschaft SO WIE SIE IST zu integrieren, ohne ein großes DING daraus zu machen. Ich werde mir äußerst clever ein Leben ZURECHTBASTELN und mich so unauffällig an die von mir aufgezählten gravierenden UNGERECHTIGKEITEN anpassen. Denn als WEISSER AMERIKANISCHER MANN PROFITIERE ICH ERHEBLICH von dieser Gesellschaftsordnung. Trotzdem werde ich zu Lebzeiten MEINE IDEEN SCHRIFTLICH FESTHALTEN und sie verborgen aufbewahren, BIS ZU MEINEM schockierenden und vorausgeplanten NATÜRLICHEN TOD im HOHEN ALTER. Sicher wird mir dieser Plan ausdauernde Geduld und ein gewisses Maß an STILLER VERZWEIFLUNG abverlangen, aber ich bin bereit, diesen Preis zu zahlen! Ich habe Euch alle GEWARNT!

Es tut mir leid, dass es so enden musste, aber die Welt hat diese Lektion verdient. Ich hoffe, Sie alle hatten Freude an dieser schriftlichen Darlegung meiner Bemühungen und meiner Heldenreise. Möge deren Bedeutsamkeit und Tiefsinn stets bewahrt bleiben in Ihren Erinnerungen an mich, und ich hoffe, Sie mochten die Großschreibung.

* Falls NACH MEINEM TOD, bei meinem Leichenschmaus, eine kleine Kaffeetheke aufgebaut wird, möchte ich, dass dort ALS SNACK eine Schüssel mit ROSENKOHL aufgestellt wird … das geschieht euch recht.

ICH GLAUBE, MIR IST GERADE GOTT BEGEGNET

Es war unten an der Eisenbahnbrücke, am anderen Flussufer. Ich machte einen entspannten Montagnachmittagsspaziergang und hing meinen Gedanken nach.

Es passierte schätzungsweise vor etwa einer halben Stunde. Vielleicht auch vor fünfundvierzig Minuten. Jedenfalls braucht man für die Strecke normalerweise zwanzig Minuten, aber ich wurde unterwegs aufgehalten.

Sie bezweifeln es? Kann ich gut verstehen, aber glauben Sie mir, wenn ich Ihnen versichere: Es ist tatsächlich passiert.

Ich warf gerade Steine nach anderen Steinen im Fluss und hoffte auf das magische »Klack«-Geräusch, das Steine manchmal machen, wenn sie aufeinanderschlagen. Ich war ein kontemplativer und zugleich wild entschlossener Zeitverschwender.

Da roch ich etwas Verbranntes, blickte auf und entdeckte einen Busch, über dem Rauchwölkchen aufstiegen. Nicht wirklich Wölkchen, eher so eine Art leichter

Qualm. Ich dachte, der Busch stünde in Flammen, doch gleich darauf hörte ich ein Rascheln, ein gleißender Lichtstrahl schoss vom Himmel herab und ein sanfter Wind kam auf, als hätte das Universum einen Furz in mein Gesicht gelassen – ein sanfter Pups, von angenehmem Duft, ein Wohlgeruch aus den Innereien des Himmels. Wie auch immer, plötzlich erschien ein Wesen, leuchtend vor … na ja, Licht eben, schwebte über dem Kiesboden, denn in der Gegend liegen eine Menge Steine herum, ebenso wie einige rostige Konservenbüchsen, die Fischer gerne als Köderdosen verwenden. Machen Sie sich selbst einen Reim auf diese Metapher. »Fischer.«

Er, und es war mit Sicherheit ein er – es sei denn, Frauen lassen sich heutzutage Bärte wachsen, was ja vorkommen soll, aber das ist hier nicht das Thema –, Er (und ich schreibe das Wort hier mit großem Anfangsbuchstaben, immer wenn es sich auf seine himmlische PRESENZ bezieht – außerdem schreibe ich ab sofort PRESENZ in Großbuchstaben UND falsch, aus Respekt und wichtigtuerischem Gehabe), Er strahlte also auf mich herab, sodass ich kaum noch etwas sehen konnte, aber irgendwann ein gütiges Gesicht erspähte, das Wärme und Weisheit ausstrahlte, obwohl die Fältchen um seine Augen auch auf einen skeptischen, ja sogar leicht zornigen Wesenszug schließen ließen. Dieser warme und zugleich strafende Blick war genau das, was man sich von der echten Gottheit erwartet.

Verdutzt stammelte ich: »Wer sind Sie? Sind Sie … sind Sie vielleicht der Papst?«

Diese Frage ließ ihn laut auflachen, direkt in mein Gesicht. Hier stand ich, war angefurzt und ausgelacht worden, und das alles innerhalb weniger Sekunden. Ich fühlte mich kleiner als eine Rosine – kleiner sogar als eine kleine Rosine.

»Sind Sie also etwas noch Höheres als der Papst?«

Darauf erwiderte er nichts, schüttelte nur verächtlich den Kopf, als wollte er sagen: »Lass mich doch mit dem Papst in Frieden, okay? Und bring das Thema bitte nie wieder auf. Danke.«

Also, unsere Begegnung währte nur wenige Sekunden und fühlte sich wie eine Ewigkeit an. Keine lange Ewigkeit – es war nicht so, dass Er mich gelangweilt hätte. Mehr wie eine kurze Ewigkeit, die beeindruckend und faszinierend war – die also die guten Qualitäten einer Ewigkeit hatte.

Im Verlauf unseres gemeinsamen Nachmittags teilte Er mir viele Dinge mit. Ich erwarte nicht, dass Sie mir Glauben schenken, doch als Beweis biete ich Ihnen eine Steintafel, die Er für mich beschrieben hat, gleich vor Ort, mit seinem glühenden Finger. Er notierte darauf eine einfache Wahrheit, die, so denke ich es mir zumindest, alle anderen Wahrheiten in sich enthält. Er schrieb: »Du sollst mit Wohlwollen und voller Güte auf Erden wandeln, und Dein Volk möge Dir auf diesem Pfade folgen, bis zu den goldenen Pforten eines strahlenden Übermorgen.« Offenbar nahm er meine Verwirrung beim Lesen dieser Worte wahr, denn er radierte sie gleich wieder aus! Haben Sie das mitbekommen? Er SCHRIEB etwas in STEIN und radierte es dann wieder aus. Als wäre es nichts. Als wäre es Papier. Aber es war Stein! Es ist verdammt SCHWIERIG, etwas darauf zu schreiben, und es ist fast unmöglich, es wieder auszuradieren. Danach notierte er ein neues Gebot: »Reißt euch zusammen und wir können erstaunliche Dinge vollbringen.« Das verstand ich und nahm den Stein in Empfang, um ihn bei meiner Rückkehr als Beleg meiner Vertrauenswürdigkeit vorzuzeigen.

Kurze Nebenbemerkung: Der Stein hat es nie bis zu mir nach Hause geschafft. Auf halbem Weg wurde ich müde und mein Ellbogen schmerzte, also vergrub ich ihn. Ich kann Ihnen nicht genau sagen, wo, weil ich den Ort nicht markiert habe, für den Fall, dass Diebe auf der Suche nach beschrifteten und verkäuflichen Steinen vorbeikommen. Aber er liegt dort noch. Sie können gerne danach suchen. Meinetwegen so lange Sie wollen. Das wäre sicher eine großartige Aufgabe für Sie, unverdrossen danach zu suchen. Ich würde das sehr begrüßen.

Unplugged, unglücklich.

Seien Sie nicht verzagt, denn es gab noch einen

weiteren Beweis. Eine goldene Pergamentrolle, auf der eine Anweisung an uns geschrieben war. Ich hielt sie in meinen eigenen Händen, rieb mit meinen Fingern drüber, beschnüffelte sie, und ich versichere Ihnen, sie fühlte sich an wie Pergamentpapier und roch auch so – ein irgendwie maschineller Geruch, zugleich sehr »pergamentig«, wenn Sie wissen, was ich meine. Darauf stand in großen Serifen: »Seid Nett Zueinander«. Also, ich bin mir sicher, wir werden dieses Gebot in den kommenden Jahrtausenden noch gründlich zerpflücken und analysieren, für mich jedoch bedeutet es, dass wir auch mal an unsere Mitmenschen denken sollten, und nicht nur an unsere Freunde oder Leute, die uns hin und wieder einen Gefallen tun. Offenbar zielte Er darauf ab (indem er die Anweisung bewusst NICHT spezifizierte), dass wir versuchen sollten, zu ALLEN »anderen« nett zu sein, auch zu unseren Feinden und totalen Blödmännern. Aber sicherlich können erst zahllose Erörterungen und sogenannte »Episteln« zeigen, dass dieses Statement sich auf eine Vielzahl bezieht, und eine ebensolche Vielzahl von Auslegungen und Interpretation noch folgen muss. Zumindest hoffe ich das.

Wo sich diese die goldene Pergamentrolle befindet? Ich habe sie dummerweise irgendwo liegenlassen. Ich hatte zu jenem Zeitpunkt die Arme einfach zu voll mit den Steintafeln und den goldenen Platten.

Die goldenen Platten habe ich noch gar nicht erwähnt? Er gab mir zwei davon, als unleugbaren Beweis seiner realen Anwesenheit. Die Platten hatten die Länge eines Schullineals und die Breite eines halben Schullineals (dreißig mal fünfzehn Zentimeter oder so). Sie waren wunderschön, glänzend und aus reinem Gold. Es war nichts darauf geschrieben. Er wollte sie nämlich nicht verunstalten. Als ich Ihn jedoch fragte, was Er darauf geschrieben hätte, wäre Er nicht mit einem so überaus sensiblen Geschmacksempfinden begabt, antwortete Er (nicht mit Worten, sondern durch Telepathie): »Ja, ich hätte sie gerne mit Regeln über angemessenes Verhalten und richtiges Anrichten von Mahlzeiten beschrieben, ebenso wie mit einer geziemenden Wäscheliste und schließlich mit einigen Empfehlungen zum Töten von Feinden und ihrer Bestattung in hockender Position. Tatsächlich wäre die Liste wohl ziemlich lang geworden und hätte beide Seiten dieser wunderschönen goldenen Tafeln gefüllt, sie besudelt und ihre ästhetische Wirkung total ruiniert.«

Wo diese goldenen Tafeln jetzt sind, wollen Sie wissen? Unglücklicherweise sind sie dem Lauf der Zeit zum Opfer gefallen. Ja, ich weiß, ich bin nur fünfundvierzig Minuten gelaufen, aber hey … die Zeit hat sie einfach geschluckt. Ich bin mir nicht sicher über meinen genauen Aufenthaltsort, als die Zeit sie verschlang, doch über den Daumen gepeilt muss es so zwischen Minute zweiunddreißig und dreiunddreißig gewesen sein. Bitte, suchen Sie nach ihnen. Suchen Sie und suchen Sie und suchen Sie, und hören Sie nicht auf, daran zu glauben, denn sonst werden Sie sie NIEMALS finden! Wie heißt es so richtig: »Man kann nicht gewinnen, wenn man nicht spielt!«

So, das wars. Ich habe Gott bei der Eisenbahnbrücke getroffen und jetzt bin ihr hier, um die frohe Botschaft zu verkünden. Ich verlange jetzt nicht, dass alle mir nachfolgen oder mir einen »Zehnten« entrichten, mit dem ich dann nach Gutdünken schalten und walten kann; andererseits könnte es auch nicht schaden, und ich denke, Er hätte es sicher so gewollt.

Berühmte Zitate
– ungekürzte Fassung

»*Wenn du die Wahrheit sagst, gibt es nichts, was du im Kopf behalten müsstest.* Dann kannst du unbesorgt ein großer Dummkopf sein, der überhaupt nie etwas im Kopf behält, aber dem die Menschen total vertrauen. Ein großer, ignoranter Dummkopf.«

– Mark Twain

VERSPRECHEN EINES POLITIKERS

Hallo, und lassen Sie mich damit beginnen, Ihnen, den Bürgern dieses großartigen Bundesstaates, dafür zu danken, dass Sie mich als Ihren Repräsentanten in den Senat der Vereinigten Staaten gewählt haben. Ich war noch nie in Washington, daher bin ich von der Atmosphäre oder der Kultur dort völlig unbeleckt. Washington und der Lebensstil dort sind für mich ein absolutes Mysterium, das kann ich Ihnen versichern, also brauchen Sie von mir nicht die übliche Politik zu erwarten. Erwarten Sie vielmehr gar keine Politik! Danke für Ihre Standing Ovations. Bitte, und nun lassen Sie mich fortfahren.

Da ich so gut wie nichts über Washington weiß, wird es meine erste Amtshandlung sein, mir einen Stadtplan zu kaufen. Ich will mir einen Überblick über die Stadt verschaffen. Gibt es dort irgendwelche komischen Straßen, die öfter umbenannt werden, wie man es so häufig in großen Städten findet? Ich will ja schließlich keine Zeit mit Umherirren verschwenden, während ich mich gleichzeitig für die Belange meiner Wähler einsetzen könnte.

Ein neuer Senator sieht sich natürlich zuerst mit der entscheidenden Frage konfrontiert: Wo essen Sie? Ich will alles ausprobieren, was Washington zu bieten hat, vom Hummer *chez toi* über chinesisches Chop Suey bis hin zum Hamburger à la Greasy! Und ich werde ganz sicher nicht den Nachtisch auslassen. Vom Kuchen bis hin zum Frozen Yogurt werde ich alles auskosten.

Dann möchte ich natürlich die vielen Eindrücke und Geräusche in mich aufnehmen. Ich will den Puls von Washington spüren. Ich werde alle größeren Denkmäler besuchen, ebenso wie die geheimen Sehenswürdigkeiten der Stadt. Dazu werde ich Blogs studieren und die Menschen auf der Straße nach ihren Empfehlungen fragen. Wie steht es mit einem Wochenende im Zoo? Gibt es überhaupt einen Zoo? Ich werde es herausfinden. Vielleicht ist er sogar auf dem Stadtplan verzeichnet, den ich mir besorgen möchte.

Sobald ich gute Kenntnisse von Washington und der näheren Umgebung erworben habe, wird es Zeit, mich an die Arbeit zu machen. Aber zuerst muss ich natürlich wissen, wie die Regierung funktioniert. Was hat es mit dieser Gewaltenteilung auf sich, von der ich so viel gehört habe? Was für eine Farbe hat das Haus, in dem der oberste Chef unseres Landes lebt? Wohin gehen die Senatoren nach der Arbeit und wie verbringen sie ihre Freizeit?

Ich gelobe, noch vor Ende meiner Amtszeit eine

Führung durch das Senatsgebäude zu machen. Ich möchte echte Senatoren kennenlernen und ihnen die Hand schütteln. Wie cool wäre das denn? Stellen Sie sich vor, dass ich, ein einfacher Senator, Zutritt zu den Büros von echten Senatoren erhalte!

Aber bevor ich Ihnen noch weiter mit diesem ewigen Washington auf die Nerven gehe, möchte ich Sie wissen lassen, dass ich auch Tagestrips unternehmen werde. Das historische Virginia liegt direkt vor der Haustür! New York und die Vergnügungen des Broadways sind nur eine Zugreise entfernt. Und warum sich darauf beschränken? Arizona ist mit dem Flugzeug ein Klacks, und ich möchte unbedingt diese farbig gestalteten Felsen sehen, von denen ich schon so viel gehört habe! Bis zum Ende meiner Amtszeit werde ich mir wohl noch eine weitere Karte zulegen müssen … oder zwei … oder drei.

Ich hoffe, Sie sind zufrieden, dass Sie mich in die Regierung gewählt haben. Ich bin es jedenfalls.

(*Ein Zug pfeift.*)

Da ist mein Zug … ich nehme die Panoramaroute – b-bis bald!!

HITLERS DINNERPARTY

EIN THEATERSTÜCK

Leiten Sie eine Amateurtheatergruppe? Nein? Dann legen Sie sich eine zu! Das bedeutet zwar einen Riesenstress und bringt weder Ruhm noch Geld ein, aber allein können Sie das folgende kleine Dramolett leider nicht aufführen.

Im Zentrum jeder dramatischen Mise en Scène (Rechtschreibung? Bedeutung?) steht immer der Gedanke, dass es zu einer Art Krise kommen muss. Das habe ich mir gerade ausgedacht, aber Sie können es gerne verwenden.

Die folgende Dinnerszene lässt sich auf der Bühne mit einfachen Mitteln realisieren – außerdem können Sie mit den fallenden Bomben und den Feuersbrünsten im Hintergrund eine supercoole dramatische Wirkung erzielen. Aber was noch wichtiger ist: Es gibt zwei merkwürdige Paare, die einander in einer von Etikette und Empfindlichkeiten bestimmten Choreografie umkreisen, was auf seine Art recht modern wirkt. Und dann ist da natürlich Hitler.

ERSTE SZENE

SCHEINWERFERLICHT fällt auf unsere Gastgeber, Fritz und Annette Schnitzelkrank. Ein Ehepaar der sogenannten besseren Gesellschaft im Deutschland des Jahres 1945, das sich für einen Ausgehabend zurechtgemacht hat. Das Paar spricht zum Publikum, etabliert die Szene.

FRITZ UND ANNETTE: Hallo / Bon soir / Good evening / Guten Abend / Wir sind die Schnitzelkranks.

FRITZ: Im Jahr 1942 wurden meine Frau und ich erstmals zu einer Dinnerparty bei Adolf Hitler eingeladen.

ANNETTE: In den folgenden Jahren durften wir viele weitere Dinner mit Herrn Hitler und seiner bezaubernden Eva erleben.

FRITZ: Sehen Sie, ich hatte das große Glück, während des Studiums an der Kunstakademie ein Zimmer mit Herrn Hitler zu teilen. Ich mochte seine Arbeiten und versäumte nicht, ihm das häufiger mitzuteilen.

ANNETTE: Und als Adolf an die Macht kann, wurde mein Fritz zum wichtigsten Kunstprofessor an der Universität von Berlin!

FRITZ: Während des Krieges trafen wir die Hitlers immer wieder bei gesellschaftlichen Anlässen. Keine Einla dung des *Führers* schlugen wir aus! Aber als der Krieg nicht das erwartete schnelle Ende fand, wurden unsere gemeinsamen Dinnerpläne immer wieder verschoben, bis es im März 1945 endlich so weit war. Während die Stadt von Feinden umzingelt war, unseren tapferen Soldaten das Essen und der Nachschub ausgingen und um uns herum überall Bomben herabfielen – nun, da durften wir endlich wieder einmal unsere geliebte Eva besuchen.

ANNETTE: Oh, die Arme sah schrecklich aus! Bevor Hitler den Raum betrat, flüsterte sie uns eine Bitte zu, der wir als gute Gäste selbstverständlich nachkamen.

EVA BRAUN (*sotto voce*): Oh, ich möchte Sie bitten, mir einen großen Gefallen zu erweisen –

FRITZ UND ANNETTE: Aber natürlich! Was immer Sie wünschen, liebe Eva!

EVA BRAUN: Was auch immer Sie tun –

Auftritt Hitler! Eva beendet ihren Satz sotto voce.

EVA BRAUN: - erwähnen Sie auf keinen Fall den Krieg!

Fritz und Annette bleibt keine Zeit, darauf zu reagieren, da Hitler bereits mit großen Schritten auf sie zukommt. Seine Miene ist düster und abwesend. Fritz und Annette bemühen sich zu lächeln. Fritz setzt zu einem halbherzigen Nazigruß an, aber Eva schüttelt den Kopf »Nein!«, und er lässt es bleiben. Hitler hat kaum etwas davon mitbekommen –

HITLER: Ah, Fritz und … äh…

FRITZ: Annette, meine Frau.

Hitler grunzt. Eva ergreift das Wort.

EVA BRAUN: Wie schön, dass es nun endlich geklappt hat. Es ist uns eine große Freude, Sie beide wieder mal willkommen heißen zu dürfen.

Allgemeines Händeschütteln und Lächeln, bis das Kreischen einer Bombe alle erstarren lässt. Eine unbehagliche Stille macht sich breit. Hitler löst die Spannung auf:

HITLER: Also, essen wir jetzt, oder was?

EVA BRAUN: Ja, Adolfi, wir gehen zu Tisch.

FRITZ: Ich bin so hungrig!!

Sie begeben sich zur Tafel und mustern ihren ersten Gang, einen Salat. Hitler bricht das Schweigen und brummt:

HITLER: Salat.

Hitler beginnt zu essen; die anderen folgen seinem Beispiel. Eva fordert ihre Gäste stumm zum Reden auf.

ANNETTE: Wir fürchteten schon, zu spät zu kommen. So viele Straßen sind jetzt gesperrt – also, sie sind unpassierbar, wegen –

Sie unterbricht sich.

HITLER: Wegen?

FRITZ: Wegen des Verkehrs. Er staut sich. Ein paar Wochenendkrieger treiben sich da draußen herum.

Hitler nickt und lächelt Fritz zu.

HITLER: Ich frage mich, was wohl meine letzte Mahlzeit sein wird. Haben Sie sich das je gefragt, lieber Fritz? Was wäre Ihre letzte Mahlzeit, wenn Sie die freie Wahl hätten?

FRITZ (*lacht nervös*): Oh, keine Ahnung. Ich … ich würde einfach irgendetwas essen … es wäre mir egal.

HITLER: Sicher wäre es Ihnen nicht egal. Wenn Sie wüssten, Sie hätten noch, sagen wir, drei bis sieben Tage bis zu Ihrer Hinrichtung, und Sie hätten Zeit zu planen und alle notwendigen Ressourcen zu Ihrer Verfügung, was würden Sie essen?

FRITZ: Also, ich persönlich mache mir gar nicht so viel aus Essen. Annette?

ANNETTE: Ich esse nie zu Abend. Außer bei gesellschaftlichen Anlässen.

HITLER: Gut. Dann sagen wir das letzte Mittagessen.

ANNETTE: Ich weiß nicht … Salat. Was wir gerade im Augenblick essen.

Hitler starrt auf seinen Salat, dann schiebt er ihn beiseite.

HITLER: Ich habe genug.

Eva funkelt Fritz und Annette ärgerlich an – sie geben ständig die falschen Antworten.

FRITZ: Tja ja … tja ja …

HITLER: Tja ja, was?

FRITZ: Nichts. Nur »tja ja«. Ich habe heute die Zeitung gelesen … (*er bemerkt Evas wütenden Blick*) Die Sportseite! Hat jemand von dem Baseballteam der Chicago Cubs in Amerika gehört? Die haben ein echt mieses Jahr. Beim Baseball, meine ich. (*Keine Reaktionen.*) Niemand?

Hitler starrt ins Leere.

EVA BRAUN: Vielleicht können uns unsere Gäste ein wenig über den Alltag an der Universität berichten. Harmlose kleine Vorkommnisse.

FRITZ: Oh, da läuft alles bestens. Nichts wirklich Aufregendes. Die üblichen kleinen Richtungskämpfe. Nein, keine »Richtungskämpfe«. Wie war noch gleich das Wort. Richtig, Kabbeleien. Die Leute haben kleine Kabbeleien.

HITLER: Welche Arten von Kabbeleien?

FRITZ: Nichts wirklich Welterschütterndes.

EINE BOMBE pfeift, detoniert LAUTSTARK, lässt die Möbel erbeben.

HITLER: Welche Arten von Kabbeleien?

FRITZ: »Kabbeleien« eben. Nicht mal so bedeutend wie Kabbeleien. »Wo habe ich meinen Hut hingelegt?« – »Trägst du meinen Hut?« – »Haha, wir haben unsere Hüte verwechselt.« – »Wir sind ja solche Tollpatsche!« Solche Dinge eben. Jede Menge davon.

HITLER: Das muss nett sein.

Eva lächelt Fritz an ... das war gut. Fritz spürt jetzt Wind in den Segeln –

FRITZ: Oh, das ist es wirklich. Wundervoll! Keine echten Risiken! Sie sollten das bei Gelegenheit mal probieren! Ich meine, uns irgendwann in der Universität besuchen. Haben Sie je darüber nachgedacht, was Sie später einmal vorhaben ... äh ... nach Ihrer, äh, Karriere?

Eva schüttelt den Kopf und starrt auf ihren Teller.

HITLER: Sie meinen nach Ende des Tausendjährigen Reiches?

Fritz lacht.

EVA BRAUN: Ich glaube, wir hatten genug Salat. Gehen wir zum Hauptgang über, ja? (*Sie klopft mit der Gabel an ihr Glas, um einen Kellner herbeizurufen. Niemand kommt.*) Wo sind denn die ganzen Bediensteten?

HITLER: Im Bunker, sie können dich nicht hören.

Hitler packt Evas Gabel, um sie vom Klopfen abzuhalten. Draußen explodiert eine Bombe.

HITLER: Tut mir leid. Das ist alles meine Schuld. Ich entschuldige mich. Ich glaube, ich habe einen Fehler gemacht.

ANNETTE: Hoffentlich meinen Sie damit nicht, Sie hätten einen Fehler gemacht, uns eingeladen zu haben. Wir sind so gerne bei Ihnen und Ihrer bezaubernden Eva –

HITLER: Ich meinte den Krieg. Den Zweiten Weltkrieg.

ANNETTE: Ja … ich habe davon gehört.

FRITZ: Oh, Herr Hitler, ich würde das nicht unbedingt einen Fehler nennen. Ich glaube, Sie gehen da etwas hart mit sich ins Gericht –

HITLER: Wie würden Sie es denn nennen? Einen Griff ins Klo? Habe ich etwa voll »ins Klo gegriffen«?

Eva versucht, ihn zu bremsen – aber Hitler wedelt sie weg, dreht sich aufgebracht zu Fritz –

HITLER: Reden Sie offen mit mir, alter Freund! Sagen es mir ins Gesicht! Sagen Sie mir, dass ich voll in Klo gegriffen habe! Irgendjemand soll das jetzt sagen!

FRITZ (*kleinlaut*): Sie haben voll ins Klo gegriffen.

HITLER: Jetzt ist es raus! Endlich sagt es mal jemand. Was für eine verdammte Erleichterung! Jesus im Himmel. Das hat lange gedauert.

FRITZ: Mir … mir gefallen Ihre Bilder trotzdem noch.

HITLER: Tja, Sie sind ja auch ein Idiot.

Das Licht verlöscht, während das Geräusch detonierender Bomben anschwillt.

Berühmte Zitate – ungekürzte Fassung

»*Gehe nicht hinter mir, vielleicht führe ich nicht. Gehe nicht vor mir, vielleicht folge ich nicht. Gehe einfach neben mir und sei mein Freund.* Oder wir lassen das mit dem Gehen ganz und werden einfach Brieffreunde. Lass uns das machen. Es ist so verdammt kalt draußen.«

– Albert Camus

MEINE ANSPRACHE AN DIE ABSOLVENTEN DIESER WUNDERBAREN BILDUNGSEINRICHTUNG

Heute ist ein bedeutsamer Tag. Heute streifen Sie die Schutzhülle des »Studentendaseins« ab und treten hinaus in das harte, nackte, erbarmungslose Licht des Erwachsenseins. Ich beneide Sie nicht, es sei denn, Sie hätten einen enormen Penis. Wenn Sie einen enormen Penis haben, dann ist diese Rede nicht für Sie bestimmt. Dann können Sie während der nächsten Minuten Ihren Tagträumen nachhängen. Denken Sie an all die Frauen, mit denen Sie bald Sex haben werden - in einer Reihe von Pornofilmen. Aber bitte tun Sie mir einen Gefallen: Würden Sie bitte bei Ihren Filmauftritten nicht in die Kamera schauen? Oder noch besser, sagen Sie einfach dem Regisseur, die Kamera soll Ihr Gesicht gar nicht erst zeigen. Ich will es nicht sehen. Die Gesichter von Männern in Pornos anzuschauen, lässt meinen »Drang« sofort versiegen, um es mal so zu sagen. Danke dafür, und entschuldigen Sie bitte die kleine Abschweifung, aber ich musste einfach die Gelegenheit beim Schopf packen, wenn ich schon mal die Aufmerksamkeit zukünftiger Berühmtheiten habe.

Für den Rest von Ihnen, die nicht in Pornofilmen auftreten werden – na ja, vielleicht werden einige der anwesenden jungen Frauen in die Pornoindustrie gehen und denen möchte ich mit auf dem Weg geben: Gut gemacht, danke, und es tut mir leid – alles drei auf einmal.

Und für die übrigen, hier mein einziger Rat: Beenden Sie das College, nehmen Sie keinen Rat von Fremden an und genießen Sie sämtliche Pornostreifen, die Sie natürlich »rein zufällig« zu Gesicht bekommen.

Einen schönen Abend noch, Cleveland!

Berühmte Zitate
– ungekürzte Fassung

»*Wenn ich weiter sehen konnte, so deshalb, weil ich auf den Schultern von Riesen stand.* Und wenn ich jämmerlich versagt habe, dann ebenfalls, weil ich auf den Schultern von Riesen stand – von Riesenblödmännern nämlich.«

– Sir Isaac Newton

WAS ICH IN EINEM ANDEREN MANN SUCHE

Achtung, meine Damen, bitte treten Sie zurück! Sie sind nämlich nicht die Einzigen, die nach einem guten Mann fürs Leben Ausschau halten. Denn obwohl ich selbst ein Mann bin, heißt das nicht, dass ich mir selbst genug bin. Ich brauche einen Gefährten – ja mehr als das, ich brauche einen guten Kumpel, einen Buddy, jemanden vom »raueren Geschlecht«, der an meiner Seite steht und mir applaudiert, während ich durch die Stürme dieses Lebens navigiere. Ich gebe Ihnen hier eine Beschreibung dieses echten Kerls, so wie ich ihn mir vorstelle, um mir einen Haufen Bewerbungsgespräche und Rückenmassagen zu ersparen, also passen Sie gut auf und setzen Sie Ihren Hintern in Bewegung, wenn Sie sich angesprochen fühlen. Ach, da wir gerade von Hintern reden –

Ich möchte vorausschicken, dass ich nicht auf der Suche nach einem heißen Body oder einem knackigen Hintern bin. Ehrlich gesagt würde ich einen knackigen

Hintern nicht erkennen, selbst wenn er mich in den Arsch beißen würde. Mein Traumtyp muss vor allem einen Sinn für Stil haben, damit er mir beim Aussuchen zusammenpassender Klamotten helfen kann und ich mir nicht immer einfach das oberste Teil vom Haufen schnappe. Ich bin achtundvierzig und meine Klamotten liegen immer noch auf einem »Haufen«, daher brauche ich diesen Typen, und zwar *pronto*. Möglicherweise wird er schwul sein, denn keiner meiner Heterofreunde taugt in diesem Bereich zu irgendetwas. Also, schwul wäre in Ordnung – aber wie gesagt, ein knackiger Hintern ist nicht erforderlich. Der wäre in meinem Fall pure Verschwendung.

Er sollte wunderschöne, durchdringende, klare Augen haben. Damit meine ich, seine Augen sollten so klar sein, dass er selbst etwas durch sie sehen kann, und sein Blick sollte auch Smog und tiefliegenden Nebel durchdringen. Meine Augen sind nicht wirklich gut: Sie sind oft wässrig, alles verschwimmt und außerdem bin ich schon immer farbenblind. Mein Kumpel darf nicht farbenblind sein! Und er muss mir sagen können, was vor mir liegt, besonders, wenn wir in seinem Wagen durch die Gegend rasen.

Er sollte natürlich ein Auto haben! Und was für ein Auto! Ein schicker Minikombi, so wie James Bond einen fahren würde. Wir könnten damit Spritztouren in Weingegenden unternehmen – selbst bei tiefliegendem Nebel (siehe oben) –, und ich könnte superschnell durch Haarnadelkurven fetzen, weil er herannahende Gefahren mit seinen durchdringenden Augen schon von Weitem erkennt, und wir würden uns natürlich nie verfahren (siehe unten).

Dieser scharfe Typ muss einen guten Orientierungssinn besitzen, damit er mir erklären kann, wohin mein GPS mich zu dirigieren versucht, denn manchmal steht GPS bei mir für »Ganz Peinliche Schlingerfahrt«, wenn Sie verstehen, was ich meine. Dieser magische Mann könnte mich sogar bei den Destinationen unserer Fahrten »umpolen«. Wobei ich umpolen hier nicht metaphorisch meine – noch mal, ich bin nicht schwul und ich habe auch nicht vor, in dieser Hinsicht eine »Kehrtwende« zu vollziehen.

Wissen Sie was? Inzwischen bin ich eigentlich davon überzeugt, dass mein »Mr. Perfect« homosexuell sein sollte. Diese Stelle sollte erst gar nicht für andere ausgeschrieben werden. Ich brauche Diversität. Ich muss meinen Horizont erweitern. Ich hätte gerne, dass er einer von diesen Männern ist, die wissen, was Frauen denken. Er könnte mir dabei helfen, die kryptischen Signale meiner Frau zu entschlüsseln, etwa, wenn sie zu mir sagt, sie hätte »den Kanal sowas von voll«. Was bedeutet das? Ist das eine Art Anmache? Wenn ja, ist es nicht sonderlich sexy.

Er muss kein Muskelprotz sein, aber es wäre schon gut, wenn er die Kraft eines Maultiers besäße, denn wissen Sie was? Wir werden öfters mal Möbel schleppen müssen! Und um es noch ein wenig mehr einzugrenzen: könnten die Arme meines heißen Typen bitte so mager und sehnig sein wie die eines Pterodaktylus? Damit er hinuntergefallene Schlüssel zwischen den Gitterstäben von Gullis herauffischen oder durch zerbrochene Fensterscheiben fassen, den Fenstergriff drehen und das Fenster öffnen kann, damit ich hindurchklettern und die Eingangstür von innen aufschließen kann, wenn ich mich ausgesperrt habe? Oder noch besser, lasst ihn einfach der Mitarbeiter eines Schlüsseldienstes sein!

Lasst ihn belesen sein, damit er mir den Inhalt von *Der große Gatsby* erzählen kann – dieses Buch, dass ich vor dem Ende jedes Mal ermüdet beiseitelege. Außerdem sollte er ein wandelndes Reimlexikon sein, damit wir im Auto Songtexte erfinden und uns kaputtlachen können. Er muss nicht gut in *Scrabble* sein, obwohl … es reicht, wenn er sich richtig ins Zeug legt, aber trotzdem will ich meistens gewinnen.

Ich weiß nicht, ob es meinen Traummann irgendwo da draußen tatsächlich gibt. Möglicherweise gibt es aber auch einige Herren, die meinen Ansprüchen genügen würden – ich fange ja gerade erst mit der Suche an. Und falls ich mehr als einen außergewöhnlichen Mann finden sollte, dann würde es auf einen Persönlichkeitsvergleich hinauslaufen – oder ich sehe mich vielleicht doch gezwungen, den Typ mit dem knackigeren Hintern zu wählen.

Berühmte Zitate
– ungekürzte Fassung

»*Sei du selbst die Veränderung, die du dir wünschst für die Welt.* Wenn du mehr Spaß willst, dann bring Spielsachen und ein Frisbee mit. Wenn du attraktiver sein willst, dann zieh dir was Nettes an. Wenn du es wärmer und heller willst, dann zünde dich selbst an, oder so was Ähnliches. Was kümmert mich, was du tust? Kannst du es bitte einfach selbst in die Hand nehmen?«

– Ghandi

PHIL SPECTOR, WIE ICH IHN KANNTE

Während unserer ein Jahrzehnt währenden Freundschaft wurde Phil Spector, *Mr. Wall of Sound*, von einem Bekannten zu einem Freund und schließlich zu meinem *Best Friend Forever.* Phil ist ein wunderbarer, talentierter, offenherziger Mensch, und während eines Jahrzehnts voller Lachen, Leben und Lach-ben (Lachen und Leben) bereicherte er meine Welt durch Musik, gute Unterhaltungen und Pistolenschüsse. Dies ist seine Geschichte, erzählt aus meiner Sicht, und wenn Sie so wollen, ist es auch unsere gemeinsame Geschichte.

WIE ICH MR. WALL OF SOUND KENNENLERNTE

Vor fünfzehn Jahren arbeitete ich im Fatburger auf dem Santa Monica Boulevard, wo ich Gästen ihre Plätze anwies (keine offizielle Anstellung, wie man nicht müde wurde mir mitzuteilen), da kam um drei Uhr morgens seine Phil-heit von Bodyguards flankiert herein, um sich einen Chilli-Ei-Pizza-Burger zu holen. Ich drückte auf der Jukebox sofort ein paar seiner Songs und zog seine Aufmerksamkeit durch mein fortwährendes Grinsen und mein rhythmisches Kopfzucken auf mich. Er erkannte sofort, dass ich ein Fan war, und mehr noch, dass ich im Augenblick keine feste Anstellung oder dienstliche Verpflichtungen hatte, also lud er mich auf sein »Schloss« in Alta Loma ein. Ich stieg in seine Limousine und blickte nie mehr zurück. Ich saß gegen die Fahrtrichtung, also hätte ich nach vorne geschaut, wenn ich »zurückgeblickt« hätte.

Bereits in der ersten Nacht stieg eine Party, die (metaphorisch gesprochen) bis zum heutigen Tag andauert (ich schreibe dies an einem Dienstag). Sir Phil nahm mich mit in sein Reich. Es waren noch ein paar abgestürzte Prostituierte mit dabei, deren Namen hier unerwähnt bleiben sollen, und die Party begann ganz im Spector-Stil, als Phil im Spaß seine Knarre zog, uns alle im Spaß in sein Studio trieb und uns dort im Spaß festhielt, bis wir alle zehn Mal hintereinander sein Weihnachtsalbum angehört hatten.

Seit jener Zeit haben jede Menge wirkliche (nicht metaphorische) Partys stattgefunden, zu viele, um sie zählen zu können. Aber alle waren sie geprägt von jener erregenden, energetischen Mischung: Man wusste nie, ob es heißt: »Lass dich umarmen Kumpel« oder »Ich knall dich ab, wenn du nicht tust, was ich dir sage«. Beides ging immer wild durcheinander und jeder Zustand wurde »bis ans Limit« getrieben: eine Erfahrung, die ich nach einiger Zeit WALL OF FUN zu nennen pflegte.

Lassen Sie mich Ihnen etwas über Phils Persönlichkeit erzählen. Phil hat mich in diesen zehn Jahren nur drei Mal angeschossen. Klar, er hat sicher über fünfzehn Mal AUF mich geschossen, und ganz sicher hat er mehr als siebenunddreißig Mal auf die Wände und die Decke in meiner unmittelbaren Umgebung geschossen. Aber wenn man bedenkt, wie häufig er in meiner Gegenwart eine Waffe abgefeuert hat oder, was noch entscheidender ist, wie oft er in meiner Anwesenheit einfach die Waffe gezückt hat (hundertfünfundzwanzig Mal), dann ist dreimal angeschossen zu werden wirklich nicht sehr viel. Und vergessen Sie dabei eines nicht – wir machten dabei *Party*. Wir hatten eine GUTE Zeit.

Süße Träume vom Klingeling

Also, wenn Sie für einen Augenblick von Ihrem hohen Ross herunterkommen wollen, werde ich Ihnen noch etwas anvertrauen. Von den drei Malen, wo Phils Schüsse mich getroffen haben, hat er mich nur ZWEIMAL getötet. Und von den zwei Malen, wo er mich getötet hat, hat er mir nur EINMAL ins Gesicht geschossen. Und es tut mir leid, wenn ich da Ihre kranken

Fantasien enttäuschen muss – er hatte nie Sex mit meiner Leiche. Da ich diese Zeilen schreibe, versteht es sich von selbst, dass ich wieder zum Leben erweckt wurde – also von den Toten auferstanden bin -, jedes Mal, nachdem Phil Spector mich erschossen hatte. Oh je, habe ich Ihnen damit jetzt Ihre schönen Vorurteile ruiniert? Heul-schluchz. Das tut mir ja sowas von leid.

Ich werde Ihnen noch weitere Geheimnisse verraten, die Ihre stark schwarz-weiß gefärbte Sicht der Dinge auf den Kopf stellen werden. Phil schießt nur in Ihrer Nähe oder auf Sie, wenn Sie bereits sein Freund sind. Richtig. Und man ist nicht sein wahrer Kumpel, wenn man sich nicht mindestens einmal eine Kugel »gefangen« hat. Es ist eine Ehre. Sie müssen wissen, er lebt nach einem strengen Kodex. Er schießt niemals aus Ärger, sondern immer nur aus Spaß: Also wenn er eine Party feiert, arbeitet oder wenn Sie in einem Raum mit ihm sind.

WAR ES DAS ALLES WERT?

Phils Talent und sein Beitrag zum amerikanischen Musikgeschäft lassen sein lebensbedrohliches und mörderisches Verhalten vergleichsweise unbedeutend erscheinen. Es wird häufig einfach übersehen, wie prägend der *Wall of Sound* für die amerikanische Musik ist. Der *Wall of Sound* hat einige der großartigsten Alben der letzten vierzig Jahre hervorgebracht. Diese Songs werden fortwährend im Radio gespielt und besonders gerne in nostalgischen Motto-Diner. Es ist ein inspirierter Sound und beim Anhören dieser Alben nickt man häufig wiedererkennend mit dem Kopf, bevor man weiter seinen Burger vertilgt und sich Gedanken darüber macht, ob man wohl einen Strafzettel für Falschparken kriegt. Was für ein großartiges Geschenk an uns alle!

Der Punkt ist, mein Hollywood-Freund ist nicht länger auf freiem Fuß, um Spaß zu haben, Partys zu feiern und auf mich zu schießen. Daher entschuldigen Sie bitte, falls ich etwas niedergeschlagen klingen sollte. Das bin ich nämlich gar nicht. Ich fühle mich nur nicht mehr so nervös und auf dem Sprung wie zu Zeiten, als mein bester Kumpel noch da war. Du fehlst mir, Phil, und danke, dass du du mich (meistens) verfehlt hast.

Küsse.

Schüsse.

Berühmte Zitate – ungekürzte Fassung

Als Abraham Lincoln von einem Mitarbeiter gefragt wurde: »Wie lang sollten die Beine eines Mannes sein?«, erwiderte er nach längerem Überlegen: *»Lange genug, um bis auf den Boden zu reichen!«* Dann, nach weiterem kurzen Nachdenken, fügte er hinzu: »Sie sollten auch hoch genug sein, um bis zu seinem Becken zu reichen. Am besten wäre, sie würden sich vom unteren Ende seines Torsos bis hinab zu den Schuhen erstrecken … und seine Füße sollten die Schuhe möglichst vollständig ausfüllen. Habe ich schon seine Knie erwähnt? Eines pro Bein wäre sicher nicht schlecht. Ja, das würde wohl reichen – aber ehrlich gesagt bin ich eigentlich mehr an seinem Hintern interessiert –« Und damit wurde dem berühmten Anwalt das Wort entzogen.

BEDEUTUNGSVOLLES GEDICHT

WENN ICH MEIN LEBEN NOCH EINMAL LEBEN KÖNNTE

Wenn ich mein Leben noch einmal leben könnte,
würde ich mich trauen, mehr Fehler zu machen.
Ich würde mehr riskieren, mich auch mal weiter aus
dem Fenster lehnen. Ich würde längere Spaziergänge
machen, die Enten im Park füttern.
Ich würde dickere Socken tragen und mehr Eis essen.
Mehr Eis – und vor allem bessere Sorten Eis.
Mit *höherem Fettgehalt.*
Gourmet-Eis.
Genau genommen würde ich diesen fetten, sahnigen
italienischen Gelatos den Vorzug geben.
Ich würde den Vögeln mehr Aufmerksamkeit
schenken und jedem von ihnen einen Namen geben,
und ich würde diesen Namen in ein winziges
Notizbuch schreiben.

Aber lass uns zum Thema Eis zurückkehren.
Ich würde mir keine Zwänge auferlegen.
Ich würde mich nicht mehr beschränken
auf lokale Marken.
Ich würde im Land herumreisen und die regionalen
Spitzenprodukte der Eishersteller kosten.
Und wenn ich mit dir Eis essen gehen würde, würde
ich dir dein Eis klauen,
wenn du gerade wegschaust.
Und wenn du nicht wegschauen würdest, dann
würde ich dich die ganze Zeit über nerven:
»Schaffst du wirklich die ganze Portion? Bist du
schon fertig? Ich esse es gerne für dich auf, wenn es
dir zu viel wird.«
So lange, bis du nachgibst.
Denn, du musst verstehen, ich bin einer von diesen
Menschen, die eine ganze Box »Light«-Eiscreme
alleine vertilgen
mit weniger Kalorien!
Ich war einer, der drei Kugeln Eis bestellt und sagt:
»Eine davon kann gerne auch Sorbet sein!«
Ich war jemand, der anbietet, sich die ganze
Schokoladen-Eistorte »Death by Chocolate« mit
jemandem zu *teilen*.
Ich habe sogar einmal eine ganze Box
»Diät«-Eiscreme-Sandwiches vertilgt
auf einen Satz.

Was habe ich mir nur dabei gedacht? Ich hätte ganz normale Eiscreme-Sandwiches essen sollen. Ich habe sogar Eislollys gegessen, als ein Häagen-Dazs-Laden in der Nähe war.
Zweimal habe ich das gemacht.
Glaub mir, ich kann mich noch gut daran erinnern.
Aber wenn ich es alles noch einmal tun könnte,
dann würde ich sogar noch mehr essen.
Und ich kann es nicht oft genug betonen:
Mit höherem Fettgehalt.

Ach, vergessen wir, was ich eingangs über Spaziergänge im Park und diesen Vogelnamen-Quatsch gesagt habe.
Wenn ich mein Leben noch einmal leben könnte,
dann würde ich mich einzig und allein auf
das Beschaffen und das Vertilgen von Eiscreme
konzentrieren.

MARTIN LUTHER KING JR.'S SCHLECHTESTE REDE ALLER ZEITEN

Während des legendären Freedom-Riders-Sommers wurde King gebeten, eine Rede in der Baptistenkirche Rock of Abernathy in Abernathy, Mississippi, zu halten. Es war ein heißer Sommer, selbst für den Bundesstaat Mississippi, und King hatte Wochen gehabt, um seine Rede vorzubereiten, aber irgendwie hatte er es verbummelt. Und falls er damit gerechnet hatte, dass ihm rechtzeitig eine Eingebung zuteilwürde, hatte er sich leider getäuscht.

Die Menschen, die sich an jenem Tag dort versammelt hatten, erinnern sich an diese Rede als »das ziemliche Gegenteil eines glanzvollen Moments« und als »total misslungen«. Der Pastor von Abernathy, Fulton Slocum, bezeichnete sie als eine »totale Zeitverschwendung für alle Beteiligten«.

Obwohl es keine entsprechenden medizinischen Unterlagen gibt, schrieb die mit Kings Lebenswerk beschäftigte Forschung seinen rhetorischen Aussetzer einem »möglicherweise zu niedrigen Blutzuckerspiegel« zu oder »einfach dem größten Gehirnfurz aller Zeiten«.

Lesen Sie hier eine Original-Mitschrift von Martin Luther King Jr's schlechtester Rede.

SCHAUE GNÄDIG HINAB AUF DEINE FLIEGENDEN AUGÄPFEL

Von M.L.K.JR.

Mitschrift der Rede im Originalwortlaut

Äh. Also. Hm. Hallo. Man hat mir gar nicht gesagt, dass ich heute hier eine Rede halten soll, aber ich schätze – ich bin Martin Luther King und man hat mich in eine Kirche eingeladen, also hätte ich wohl zwei und zwei zusammenzählen sollen.

(*Zu sich selbst*) Du schaffst das, King, komm schon, reiß dich zusammen.

(*Zur Gemeinde*) An diesem Tag stehen wir zusammen, wir alle, schwarz und weiß. Na ja, es gibt nicht so viele Weiße hier. (*Er späht mit zusammengekniffenen Augen umher.*) Na ja, vielleicht ganz hinten. Egal, machen wir weiter.

Wir alle zusammen bilden heute eine große Niederkunft! Was? Das ist nicht das richtige Wort. Zusammenkunft. Nicht wirklich dasselbe.

(*Wischt sich die Stirn*) Puh – es ist heiß hier drinnen. Mann, es ist echt ziemlich heiß im großartigen Bundesstaat von Kentucky.

(*Flüstert zur Seite*) Was war das? Alabama? Mississippi? Okay, Mississippi. Warum hat dieser Typ dann Alabama gesagt? Doch das hast du. Ihr anderen habt es genau gehört. Wie auch immer. Das habe ich davon, die billigen Plätze nach ihrer Meinung zu fragen.

(*Zu sich selbst*) Verzettele dich nicht, Martin. Zurück zum Thema –

Wir stehen zusammen. Einige von euch sitzen, ich weiß. Aber in euren Herzen steht ihr! Ihr steht! Nein, ihr müsst nicht extra aufstehen. Setzt euch bitte wieder. Hört nicht auf mich. Ich meine, hört mir zu, aber tut nicht, was ich sage. Setzt euch einfach wieder hin.

Wisst Ihr, ich kann in eure Herzen schauen – eure heiteren, hoffnungsvollen Herzen, die alle hingebungsvoll auf Heilung hoffen. Herr im Himmel, woher kommt denn auf einmal dieses ständige h?

(*Zu sich selbst*) Mach schon, King, den Faden nicht verlieren.

Eure Herzen können sehen – ja, das können sie, sie können bessere Dinge sehen. Die Augen in euren Herzen sind hoffnungsvoll! Hoffnungsvolle Augen, die mit ihren Flügeln fliegen! Blind für Hass, blind für Vergeltung. Blinde Augen, die fliegen! Stellt euch das einmal vor! Junge, Junge, das ist schon was, oder? Das … das überstrapaziert ja beinahe die Vorstellungskraft.

Lasst mich noch einmal neu beginnen. Lasst uns alle neu beginnen: ich mit meiner Rede und Ihr mit dem Zuhören.

Kriege ich ein »Amen« von euch? Nein? Okay … das habe ich wahrscheinlich nicht anders verdient.

Komm zum Ende, Martin.

Okay … worüber ich nachdenke, ist … eine Metapher. Eine gloriose Metapher, so wie ein strahlendes Leuchtfeuer. Eine tiefgründige und erlesene Metapher. Findet bitte für mich eine Metapher, seid so gut, eine Metapher für Leiden, Trauer, Verfolgung, aber auch für Vergebung, Freude und die Feier des Lebens. Wäre das nicht großartig? Findet Ihr nicht auch? Ist dieses Mikro überhaupt an?

Okay, das war alles, was ich zu sagen habe. Ich habe noch Zeit? Wie wäre es, wenn ich jetzt ein paar Fragen beantworte? Nein? Keine Fragen? Himmel, das ist aber auch ein Dampfbad hier drinnen.

Berühmte Zitate
– ungekürzte Fassung

»*Zwei Dinge sind unendlich: das Universum und die menschliche Dummheit; bei dem Universum bin ich mir noch nicht ganz sicher.* Aber das liegt möglicherweise nur an meiner Dummheit.«

– Albert Einstein

FREIE REDE FÜR ALLE!

Unten finden Sie eine FREIE Rede, die Sie für SO GUT WIE JEDE GELEGENHEIT verwenden können. Wenn jemand nach dem Urheber fragt, dürfen Sie gerne meinen Namen nennen, ich verlange jedoch keinerlei Gebühren dafür … das geht auf mich!

Und jetzt TRETEN SIE EINFACH ANS MIKRO UND LEGEN SIE LOS:

Also, viele haben gesagt, das ist nicht zu schaffen. Aber sehen Sie nur, schauen Sie sich um! Ein Raum voller Helden. Sie sind alle Astronauten, richtig? Man hat mir gesagt, ich würde heute zu einem Saal voller Astronauten sprechen. Okay, das ist in Ordnung, aber ich rede trotzdem zu Ihnen. Sie sehen ja schon genug wie Astronauten aus. Mein Hauptanliegen ist folgendes: Viele haben gesagt, es wäre nicht zu schaffen! Immer wieder. Aber schauen Sie uns alle an, jetzt, hier und heute. Es ist geschafft.

Doch das war noch nicht alles, was diese Leute gesagt haben. Einige haben auch gesagt: »Warum es überhaupt versuchen?« Und: »Es ist nicht der Mühe wert!« Und weiter: »Es hat keinen Sinn!« Sie nannten es »eine Verschwendung von Energie, Zeit und Planung«! Schwarzseher! Eine Person sagte sogar: »Ich sehe schwarz!« Ich meine, was hat der Typ für ein Problem? Glaubt er, er lebt im Mittelalter? Vergesst diesen Typen!

Oh, sie haben aber auch noch andere Dinge gesagt. Ein Kerl erklärte: »Ich glaube, es ist zu schaffen, aber ich werde nicht mithelfen. Ich bin zu beschäftigt – ich muss meine Hemden aus der Reinigung abholen und Rhabarber, Rhabarber, Rhabarber.« Ich habe den letzten Teil seiner Bemerkung nicht verstanden – ich hatte meine Kopfhörer auf. Der Punkt ist, dieser Typ ist jetzt NICHT HIER. Vergesst ihn einfach.

Eine Dame verkündete: »Ich glaube, es ist zu schaffen, aber ich will hinterher nicht saubermachen müssen!« Diese Dame IST heute hier … würden Sie bitte aufstehen? Wo ist sie? Ich kann sie nicht sehen. Du feige Hexe! Hören Sie, meine gute Frau, Sie müssen nicht saubermachen, weil wir *alle* saubermachen! Richtig, Leute? Nein … Okay, ich habe eine bessere Idee, wir machen einfach keine Sauerei, dann muss NIEMAND saubermachen. Klingt das gut? Prima. Und ab jetzt halten Sie bitte die Klappe, Verehrteste!

Und nun möchte ich mich an den Mann wenden, der mir eisern versichert hat, dass es geschafft werden kann, weil – und dazu brauchte es echt Eier –, weil er es bereits *einmal geschafft hat*! Nein. Ich glaube nicht,

Kumpel. Ich glaube nicht, dass du es schon einmal geschafft hast, denn dann wäre es ja schon geschafft, und was wäre dann der Sinn? Es würde keinen Sinn mehr machen. Aber es macht Sinn und der Sinn besteht darin: Es ist zu schaffen. Wir können es schaffen. Wir schaffen es.

Ich gehe sogar noch einen Schritt weiter. Ich denke, es kann in Rekordzeit geschafft werden. Heute. Fangen wir an ... jetzt gleich! Danke, dass Sie da sind, danke für Ihren Glauben, vergessen Sie die Schwarzseher und LASST ES UNS ENDLICH HINTER UNS BRINGEN!

EINE NEBULÖSE WEIHNACHTSERINNERUNG

Fröhliche Weihnachten!

Als ich Mamas Küche betrat, roch ich das scharfe Aroma von zerdrückten Tannennadeln, vermischt mit Zimtaroma und dem Duft von Plätzchen im Ofen – Zimtsterne!

Nein, Moment, wartet, es gab keine Plätzchen. Wir konnten uns in diesem Jahr gar keine Plätzchen leisten.

Aber es gab Mandeln! Ja, ich erinnere mich an den Duft von Mandeln, als für die Erwachsenen der Aperitif serviert wurde.

Vergesst es – es war BIER! Bier mit Mandelgeschmack. Deshalb konnten wir uns keine Plätzchen leisten – wir mussten das Weihnachtsbier kaufen!

Wenn ich jetzt noch mal genau drüber nachdenke, dann *gab* es auch gar keinen Mandelgeruch! Das Bier roch einfach wie Bier! Genauer gesagt, das Bier roch wie *schales* Bier. Die Erwachsenen tranken (und verschütteten) Bier! Das war es, was ich roch – da bin ich mir jetzt fast sicher!

Vielleicht aß jemand Mandeln. Das muss es gewesen sein – Mandeln und Bier. Nein, Moment, Nüsse und Bier. Oder ein Nussmix, in dem auch Mandeln waren. Ja, das kann ich jetzt mit ziemlicher Sicherheit sagen – Bier und Biernüsse waren die Quellen des Dufts, der meine aufgeregten Geruchsrezeptoren anwehte.

Gesegnete Weihnachten!

Wir hatten keinen echten Baum – also streichen Sie den Tannenduft. Das war WC-Frisch! Ja, genau, das war es, der beißende Geruch von WC-Frisch mit Kiefernnadelduft aus dem Klo. Es war an einem Mittwoch … möglicherweise auch an einem Donnerstag. Es war jedenfalls definitiv ein Werktag, das kann ich mit ziemlicher Bestimmtheit sagen, und Weihnachten stand unmittelbar bevor oder war gerade vorbei.

Oh, Weihnachten.

Ich will ehrlich sein, ich kann mich nicht sonderlich gut an Dinge erinnern. Außer an Sachen, die ich bereue. Ich habe ein geradezu fotografisches Gedächtnis für Sachen, die ich bereue, was an sich ziemlich unnötig und belastend ist. Trotzdem, zu Ihrer Erheiterung werde ich weiter in der Vergangenheit graben …

Die Klänge von Weihnachten! Was für Klänge!

Eine Kakophonie von Stimmen! Sieben Kinder, die sich durch einen Berg von Winterklamotten wühlen und ihre Pläne für einen Tag im Schnee hinausrufen. »Das ist mein Handschuh!« – »Das ist mein Stiefel!« – »Hey, mach mal ein bisschen Platz, ich versuch mich hier anzuziehen!« – »Jemand hat mir gerade in die Zähne getreten!« Irgendwo in der Ferne heult eine Polizeisirene. Oder möglicherweise auch in der Auffahrt – mein Patenonkel war ein Cop, der gerne einen über den Durst trank und dann auf seiner Sirene »spielte«.

Aber, oh, war es kalt draußen! Bitter kalt! Oder vielleicht war es auch nicht so schlimm. Vielleicht war es auch warm. Einigen wir uns auf »lauwarm«. Es herrschte ein schönes, lauwarmes Weihnachtswetter draußen, sodass wir Kids nicht allzu viel Zeit mit Anziehen verbringen mussten, denn es gab ja gar keinen Schnee. Allerdings kann ich mit Bestimmtheit sagen, dass wir eine Menge gestritten haben. Oder vielleicht auch nicht. Vielleicht haben wir überhaupt nicht gestritten – vielleicht haben wir Weihnachtslieder gesungen. Ja, das wars, die Klänge von singenden Kindern. Wir klangen wie ein Sack voll Katzen.

Geklingelt, gefunden.

Die Familie, ach, die Familie an Weihnachten!

Jeder von uns übernahm eine besondere Aufgabe. Ich verbrachte den Tag mit meiner Tante Frank auf der Suche nach einem Weihnachts-Grundnahrungsmittel – tiefgefrorene Minzschokoladen-Plättchen.

Meine Tante Frank, die nach Tee und Zement roch, trug weite ausgeleierte Jeans und dazu eine verblichene

Chicago-Bears-Strickmütze, von der das Logo halb abgefallen war. Sie war entweder ein Mann oder eine Frau, aber so fortgeschrittenen Alters, dass keiner öffentlich irgendwelche Kommentare über ihr Geschlecht machte. Sie lebte alleine, oder mit einer anderen alten Mann-Frau, in einem Viertel, dass einmal ethnisch gemischt war und jetzt langsam immer weniger ethnisch gemischt wurde.

Während meine Tante Frank und ich die Stadt durchquerten, vertilgten wir warme Eiersalat-Sandwiches. Sie kaute und kaute und kaute und schilderte mir dabei ihren letzten Arztbesuch, und ich sah, wie ihre Kiefer arbeiteten, und wie sie weiße, gelbe und grüne Bröckchen spuckte. Verdammt, warum muss ich mich ausgerechnet daran erinnern?! Jedenfalls, ich glaube, im Endeffekt war sie doch ein Mann.

Wir drehten also unsere verabredeten Runden, fuhren in großen Kreisen durch die Stadt und suchten nach dieser wachsartigen Schokolade, die aus irgendeinem sinnlosen Grund zu einer Tradition in unserem Haus geworden war (neben dem schon erwähnten Biertrinken). Irgendwann fanden wir diese verfluchten Dinger und brachten sie nach Hause, wo wir von einem leisen Chor gedämpfter Rülpser begrüßt wurden.

Heilige Weihnacht!

Und wenn ich mich nicht irre, wurde jedes Jahr ein Märchen über jemanden namens »Jeebus« erzählt. Ich glaube, ich bringe den Namen durcheinander. Josey. Jesus. Jesus Maria Kreuzkruzifix! Das ist es. Was für ein komischer Name. Er lebte vor langer Zeit und brachte sein Leben damit zu, den hellsten Stern am Himmel zu suchen. Er hat auch den ersten Zombie erschaffen! Und obwohl es ein Mensch voller Lebensfreude und Liebe war, war dieser Mann – dem ich nie begegnet bin – trotzdem persönlich zutiefst enttäuscht von mir. Ja, dieser *Jesau*-Typ hatte irgendwas gegen mich. Was keinen echten Sinn ergibt, schon klar, von daher habe ich es sicher falsch in Erinnerung.

Wie auch immer, Weihnachten … haben wir das damals wirklich so genannt? Unterm Strich: Es gab eine Menge Discomusik, ein Baum wurde umgeworfen und ein nackter Mann tanzte barfuß im Schnee. Das ist alles, woran ich mich im Moment klar erinnern kann.

HAPPY END
BRUDER, DU HAST ES GESCHAFFT!
DIREKTFLUG AUS MARRAKESCH. WIE GEHT'S DAD?
WIR WAREN NOCH NICHT BEI IHM.
ALS ICH DEN ANRUF ERHIELT...
WIR MACHEN UNS ALLE SORGEN.
TYLER KOMMT MIT?
ER IST SCHON GROSS. ER WOLLTE SEINEN GROSSVATER SEHEN.
VON BOB ODENKIRK ZEICHNUNGEN VON SCOTT C.
DA SEID IHR JA ALLE.
BERTRAND, RUSSELL, GIBY UND TYLER! KLEINER TYLER! ER HÄTTE DOCH NICHT DEN WEITEN WEG MACHEN MÜSSEN.
DAD, WIR LIEBEN DICH. ALS DEIN ANRUF KAM, WOLLTEN WIR ALLE BEI DIR SEIN.
DAD, DU BIST UNS WICHTIG WAS IMMER DU UNS ZU SAGEN HAST: JETZT IST DER ZEITPUNKT.
JA, JETZT IST DER ZEITPUNKT, RUSS.
IHR SEID HIER, WEIL ICH EUCH SCHON LANGE ETWAS WICHTIGES SAGEN WILL. ICH LEBE NICHT EWIG, DAHER MUSS ICH MEINE ZEIT NUTZEN – ICH BIN SCHWUL.

WIE BITTE...?
ICH BIN SCHWUL.
DAD, WILLST DU DAMIT SAGEN –
ICH BIN HOMOSEXUELL.
ICH VERSTEHE NICHT RECHT.
ICH STECKE GERN EINEN TEIL MEINES KÖRPERS IN DEN KÖRPER EINES ANDEREN MANNES...
... IMMER WIEDER BIS EINER VON UNS...
KLAR, DEN TEIL HABE ICH KAPIERT.
DAD, WIR SIND... SEIT WANN WEISST DU DAS?
DAS?
OH, MEINE GIBBY. DAS WAR VOR EIN PAAR JAHREN. ICH MUSS ACHTUNDSIEBZIG GEWESEN SEIN.

78!!!
JA, AN MEINEM ACHTUNDSIEBZIGSTEN GEBURTSTAG. EINE PARTY IN EINEM PRIVATCLUB. UND DA WAR EIN ANDERER MANN, EIN Älterer Mann.
ÄLTER ALS ACHTUNDSIEBZIG?!!
OH, JA! EINE GANZE ECKE ÄLTER. MAN KÖNNTE IHN 'LUSTGREIS' NENNEN... ABER ICH MOCHTE IHN UND SEINEN... UND NACH EIN PAAR WODKA-CRANBERRIES NAHM ER MICH MIT ZU SICH UND BRACHTE MIR BEI, EIN SEHR ALTER SCHWULER ZU SEIN!
UND WAS IST MIT MOM? HAST DU MOM GELIEBT?
OH JA, ICH HABE SIE SEHR GELIEBT.
SIE WAR AUF IHRE ART ZIEMLICH MÄNNLICH.
NEIN, WAR SIE NICHT!

SIE HATTE IMMER DIESEN KURZHAARSCHNITT.
ABER DAS KANN DOCH NICHT ALLES SEIN.
RICHTIG, MEIN SOHN. SEHR EINFÜHLSAM.
ICH STEHE AUF S&M, AUF NATURSEKT UND AUF RIESENSCHWÄNZE!
SCHLUSS JETZT DAD! DENK AN TYLER.
STOPP!
OH JA, TYLER. DIR MACHT ES DOCH NICHTS, DASS OPA SCHWUL IST, ODER?
NEIN, OPAPA, DAS IST TOLL! OPAPA IST SCHWUL! JUHU!
WENIGSTENS EINER VON EUCH IST STOLZ AUF MICH
WAS IST M UND S?
DAS HEISST S&M UND IST EIN SICHERES VERGNÜGEN, WENN MAN ES RICHTIG MACHT.
STOPP, DAD! ES REICHT!
DAS IST NICHT LEICHT ZU VERARBEITEN.
WIR DACHTEN, DU LIEGST IM STERBEN!

OH NEIN, MIR GEHT'S BESTENS. TATSACHE IST, MEIN ARZT SAGT, ICH HABE DEN KÖRPER EINES 65-JÄHRIGEN SCHWULEN!
VERSTANDEN. DU BIST SEHR ALT UND SEHR SCHWUL.
JA, ABER UNTERSTÜTZT IHR MICH, BURT? DAS IST SICHER NICHT LEICHT FÜR EUCH, ICH HOFFE, IHR KÖNNT EINES TAGES EUREN FRIEDEN DAMIT MACHEN.

WARS DAS DAD? ODER IST DA NOCHWAS?
GUT, DASS DU FRAGST, GIBBY ICH MÖCHTE EUCH JEMANDEN VORSTELLEN...

ER IST DER KERL, DEN ICH ERWÄHNT HABE – WIR HABEN UNS NACH DIESER MAGISCHEN NACHT AUS DEN AUGEN VERLOREN. ES GAB SO VIELE MÄNNER, SO WENIG ZEIT.
KOMM AUF DEN PUNKT, DAD.
VOR EIN PAAR MONATEN AUF MEINER LIEBLINGS-DATING-PLATTFORM PASSIERTE ES. BOOM! DA WAR ES WIEDER. SEIN GEMÄCHT… ICH KONNTE MICH NOCH GUT ERINNERN. UND HIER IST ER, RODERICK!

ROD UND ICH SIND JETZT ZUSAMMEN. WIR SIND NOCH NICHT MONOGAM … ABER ICH BIN HOFFNUNGSVOLL. ALSO, MEINE HÜBSCHE KLEINE GESCHICHTE HAT DOCH EIN HAPPYEND, ODER?
NA JA – WENN IHR NICHT ZUSTIMMT, ROD TUT ES BESTIMMT. WAS SAGST DU, MEIN LOVER? VERSCHAFFST DU MIR EIN HAPPY END?
IST GERITZT SÜẞER.
fin

Berühmte Zitate – ungekürzte Fassung

»*Weine nicht, weil es vorbei ist, sondern lächle, weil es überhaupt passiert ist.* Du hast verdammt nochmal im Lotto gewonnen, Mann. Du bist reich! Es hat nicht mal sonderlich Spaß gemacht zu ›spielen‹ – du musstest nur ein blödes Los kaufen!«

– Dr. Seuss (Theodor Geisel)

GEDICHTE VON FUSSBALLSPIELERN ÜBER SPORTJOURNALISMUS UND SPORTJOURNALISTEN

»PACKING«

Was bedeutet
das Wort »packing«?
Und was »pressing«?
Und was »kick and rush«?
Warum benutzt du beim Fußball
immer diese komischen englischen Ausdrücke?
Hör auf damit.
Du Motherfucker.

DIE LEERE SEITE

Fette Finger tanzen
Über die klappernde Tastatur
Ringen sich Bedeutung ab
Adeln die Taten
Echter Männer, die zupackend
Ihren Lebensunterhalt verdienen
Und nicht auf ihren Ärschen sitzend
Die Arbeit anderer »analysieren«.
Lächerlich.

SAISONBEGINN

Ein Weißbier zum Frühstück,
Jede Menge Sonnencreme,
ein Notizblock.
Ein labbriges Pizzastück.
Du Fettarsch
hast dich am Spielfeldrand aufgepflanzt.
Nimmst alles in dich auf,
kriegst den Hals nicht voll.

SAISONBEGINN II

Später, alleine
in einem Motelzimmer,
furzend.

BLITZANALYSE

Wir haben alles gegeben
Wir haben verloren
Ende der Geschichte.
Du hingegen
bist der eigentliche Verlierer.

Berühmte Zitate – ungekürzte Fassung

»*Hier kommt der Dollar an seine Grenze.* Keine Chance, du kriegst keinen einzigen Dollar von mir, der Schein bleibt hier in meiner Hand. Ist mir egal, ob du eine Pfadfinderin bist und ich bereits die Hälfte deiner Plätzchen verputzt habe, ich bin der Präsident, ich kann jedes Plätzchen essen, OHNE DAFÜR ZU ZAHLEN.«

– Harry S. Truman

WIE *BLACKBIRD* ENTSTAND

Paul McCartney wird allgemein als der großzügige und »fröhliche« Beatle betrachtet. Trotzdem behaupten manche, er hätte auch eine dunkle Seite: Er sei neidisch, missgünstig, herabsetzend. Wenn das zutrifft, so hat er diese Schattenseite immer gut verborgen. Nur an dem Tag, als er den anderen drei Beatles den Song *Blackbird* vorstellte, lassen sich Belege für diesen finstern Aspekt in McCartneys Charakter finden. Dieser Song ist unbestritten ein Meisterwerk und wurde von »Macca« alleine geschrieben und arrangiert. Wie die Legende es will, fiel ihm *Blackbird* förmlich in den Schoß, ohne größere bewusste Anstrengung. Aber obwohl es eine Solokreation ist, wird *Blackbird* wie alle Beatles-Songs »Lennon / McCartney« zugeschrieben. Es ist hinreichend bekannt, dass dieser geteilte Ruhm McCartney immer schwer gewurmt hat, doch selbst das erklärt nicht den heftigen Anfall von Sarkasmus und Häme, der bei dieser besonderen Gelegenheit aus dem »süßen Beatle« herausbrach.

18. August 1968, Abbey Road Studios, Studio 4, 11:15 Uhr. Aufzeichnungen des Toningenieurs.

Die Bandmitglieder trudelten ziemlich früh (und ziemlich erledigt) ein, nach einer weiteren Nacht mit »Bier, harten Sachen und was weiß ich noch«. Mini-Jamsession. Lennon bat Starkey immer wieder, er solle »leiser spielen«, und schließlich sagte er: »Stopp! Das Schlagzeug in meinem Kopf ist alles, was ich brauche.« Nach einer Erfrischungspause mit Tee und Marmeladen-Toast schnappte sich McCartley (sic) eine Akustikgitarre und sagte: »Ich hab da was, hört mal, was ihr dazu meint«, und spielte dann einen Song namens »Blackbird« einmal in ganzer Länge. Ausgezeichneter Song. Ganz ausgezeichneter Song. Unglaublicher Song. Als würde Gott summen. Als er fertig war, wurde er plötzlich ziemlich scharfzüngig …

Protokoll der Tonbandaufzeichnung:

McCARTNEY (*während die letzten Noten von* Blackbird *verklingen*): Und? Was meint ihr? Ist da was dran? »Bäh«, oder? Sagt nichts. Ich weiß schon. Tut mir leid. Holt die Mülltonne! Ich komme für die verlorene Studiozeit auf. Bitte vergebt mir …

RINGO: Also, ich fand es eigentlich ziemlich nett …

McCARTNEY: Stopp – es ist alles andere als ein *Octopus's Garden*! Richtig? Lasst mich den Song noch mal spielen, in ganzer Länge, so wie er mir kam, als ich allein war und ihn geschrieben habe …

(McCartney spielt erneut Blackbird von Anfang bis Ende, und dann noch einmal, es ist eine unfassbar schöne und perfekte Komposition. Die anderen Beatles starren auf ihre Schuhe.)

McCARTNEY: Müll, oder? Klar doch! Tut mir leid. Soooooo leid. George, bitte vergib mir. Tu uns einen Gefallen, erfreue uns mit einer weiteren deiner Sitar-Explosionen und spüle uns diesen Dreck aus den Ohren! Bitte, jetzt gleich! Wo ist die Sitar? Schnell, besorgt eine Sitar!

HARRISON: Also, mir hat es gefallen …

McCARTNEY: Da sieht man mal wieder, dass du keine Ahnung hast! Sorry, ist mir so rausgerutscht. Ich schäme mich bloß. John! Der große John Lennon! Sir, es tut mir so leid, dass ich IHRE Zeit mit so etwas verschwende!

LENNON: Na ja … für meinen Geschmack klingt es vielleicht ein bisschen zu sehr nach einem Schlafliedchen.

McCARTNEY: Natürlich! Es ist nur ein billiges kleines Schlafliedchen! Alle hassen Schlafliedchen. Sie sind abstoßend, schrecklich! John, rette unseren Tag und jaule uns eine weitere deiner formlosen politischen Tiraden vor, um die Erinnerung an mein klebriges Gesülze auszulöschen.

HARRISON: Hör zu, Mann, dein Sarkasmus ist überhaupt nicht angebracht, weißt du? Klar, der Song wird aufs Album kommen, und es gibt keinen Grund –

McCARTNEY: Oh! Du glaubst, er schafft es aufs Album?? Oh, wirklich?! Danke, George! Tausend Dank! Du hältst es für möglich, dass einer meiner Songs das nächste Beatles-Album ziert? Denn normalerweise muss ich ziemlich hart kämpfen, um die üblichen 90 Prozent meiner Songs dort neben deinen 10 Prozent unterzubringen! Oh, welche Freude! Hast du das gehört, Ringo! Ich werde einen Song auf einem echten Beatles-Album haben! Ich, Paul McCartney!

(An diesem Punkt steht Harrison auf, um zu gehen.)

McCARTNEY: Geh nicht! Bitte geh nicht, wir brauchen dich, damit du im Hintergrund herumgniedeln kannst! Wo ist diese Sitar?

(Harrison knallt die Tür hinter sich zu.)

McCARTNEY: Oh nein! Wer wird jetzt herumgniedeln? Niemand?

LENNON: Hör zu, Mann, wir habens kapiert, du hast einen perfekten Song geschrieben. Gratuliere, aber ehrlich, wie gehts jetzt weiter?

YOKO: *(gibt unverständliche »künstlerische« Schnalzlaute von sich).*

McCARTNEY: YOKO! Ist Yoko hier? Da bist du ja, meine Liebe, unter den Laken! Spielst du jetzt auf dem »Bett«? Ist das dein neues Instrument? Oh, habe ich dich versehentlich zu einer Performance inspiriert? Bitte schrei jetzt unbedingt einen deiner entsetzlichen Antisongs heraus, um die verachtenswerte Schönheit auszulöschen, die ich gerade in diesem Raum verbreitet habe, indem ich die ABSOLUT VERFICKT GROSSARTIGSTE MELODIE DER WELT GESCHRIEBEN HABE. Lasst sie uns noch mal anhören, nur um es zu überprüfen –

(Paul spielt Blackbird *noch mal … und noch mal. Es ist ein perfekter Song. Notiz: keine zusätzlichen Tonspuren nötig.)*

McCARTNEY: Jep – der ABSOLUT GROSSARTIGSTE SONG, DER JE GESCHRIEBEN WURDE! Gut, dass ich das noch mal gecheckt habe! Hey, wo seid ihr denn alle hin?

(Die restlichen Beatles haben den Raum verlassen. McCartney bleibt erschöpft zurück und spielt noch drei weitere Male Blackbird, wobei er die ganze Zeit lächelt.)

MEIN VERSPRECHER

Mein Name ist Rod Blogbert, Senatskandidat, und ich autorisiere diese Mitteilung.

Vergewaltigung ist eine furchtbare Tat. Neulich, in diesem TV-Interview, habe ich mich versprochen. Ich habe die falschen Worte – *schuldig* und *Vergnügen* – auf falsche Weise verwendet und entschuldige mich für diese Worte und die Reihenfolge, in der sie aus meinem Mund kamen. Die Buchstaben in diesen Worten tragen ebenfalls eine gewisse Mitschuld, da sie sich falsch aneinanderfügten und diese falschen Worte bildeten; aber da ich diese Buchstaben noch benötige, um diese Entschuldigung zu übermitteln, habe ich Nachsicht mit ihnen – für dieses Mal.

Als Senatskandidat will ich Gerechtigkeit: Sowohl für die Opfer sexueller Gewalt als auch für meinen versehentlichen Versprecher. Uns wurde gleichermaßen Unrecht zugefügt.

Ich besitze ein mitfühlendes Herz, und im Augenblick schmerzt es – wegen dieser Missbrauchsopfer und auch wegen meiner politischen Karriere. Mein Fehler lag in den Worten, die mein Mund gesprochen hat, nicht in meinem Herzen. Wenn mein Herz einen eigenen Mund hätte, hätte es diese Worte niemals in dieser Reihenfolge ausgesprochen.

Aber ich muss zu meinem Bedauern sagen, dass mein Mund nicht der einzige verdammenswerte Übeltäter ist. Meine Lippen formten die Konsonanten, die ich in meinem Interview verwendete, und sie hätten das niemals ohne die willige Kooperation meiner Zähne und meiner Zunge vermocht. Hinter meinem Rücken hat dieses »infernalische Trio« konspiriert, um die aufrichtigen Absichten meines Herzens zu verfälschen und meinen Mund zu zwingen, Geräusche hervorzubringen, die andeuteten, dass eine Vergewaltigung etwas anderes als eine entsetzliche Gewalttat sein könnte. Ich bin mir nicht sicher, wie viel meine Lungen zu all dem beigetragen haben. Aber vermutlich war sich keiner meiner Lungenflügel bewusst, zu welch skandalösem, widerwärtigem und total behindertem Zweck ihre Luft während des »Großen Versprechers« missbraucht werden würde. Ich glaube, meine Lungen so gut zu kennen, um zu wissen, dass sie niemals kooperiert hätten, hätten sie gewusst, was ihrer Luft auf dem Weg durch meine Stimmbänder widerfahren würde.

Das bringt mich zu der zentralen Frage: Wo war mein Gehirn während dieser Zeit? Ich sage Ihnen, wo es war: Es war unauffindbar. Weil mein Gehirn sich verirrte, empfindet mein Herz solchen Schmerz. Hey, das reimt sich. Wie auch immer, mein Gehirn sollte wirklich »anwesend« sein, bevor sich mein Mund zum Reden öffnet. Ich denke daran, ein »Gehirn/Mund«-Gesetz einzuführen, wenn Sie mich in den Senat wählen.

Lassen Sie mich das klarstellen: Ich glaube nicht, dass die Worte *Vergewaltigung, schuldig* und *Vergnügen* in denselben Satz gehören – nicht mal in denselben Absatz. Vermutlich hätte ich vorhin auch besser nicht das Wort *behindert* gebrauchen sollen, aber ich tippe diesen Text, und möglicherweise zetteln meine Finger gerade einen Aufstand gegen mich an. Oh, wenn Sie nur alle hören könnten, was mein Herz denkt!

Dies ist also meine Entschuldigung, und ich hoffe, sie ist ausreichend. Ich wurde von meiner Partei, meinen Freunden, meiner Frau und von meinem Gewissen gedrängt, meine Kandidatur zurückzuziehen, aber mein Bauchgefühl lässt mich einfach nicht.

ICH HABE EINEN JACKSON POLLOCK GEFUNDEN!

Sorry, wenn ich juble und hüpfe vor Freude,
aber mir gehört ein echter Pollock seit heute!
Er lag schon seit Jahren unter gammligen Planen,
hinter Kellerregalen, wer konnte das ahnen.
In einem modrigen Winkel, zugestellt mit altem Unsinn,
im ländlichen, oh, so ländlichen Wisconsin!

Zuerst hatte ich keine Ahnung, um was es sich handelt,
irgendein Ding, das den Keller verschandelt,
und ganz sicher nichts Weltbekanntes …

Aber es ist ein Pollock, jetzt weiß ich's genau,
denn die Farbspritzer sind wild verteilt überm Grau.
In ihrer genialen Mischung können sie Stimmungen lenken,
ja, sie bringen einen regelrecht zum Nachdenken.
Ihre Aussage ist unverkennbar relevant,
nicht nur Gekleckse ohne Sinn und Verstand.
Es ist also garantiert ein echter –

und sicherlich gar kein schlechter –
sowas hängt in Museen in großen Städten,
und wenn er was wert ist, ob ich ihn verkauf?
Darauf können Sie wetten!

Aber wie soll ich's beweisen? Er ist nicht signiert,
und wenn ich ihn allen zeige, werde ich sicher ignoriert.
Ich suchte Fingerabdrücke und Haare, um es zu testen,
ich wollte beweisen: Mein Pollock gehört zu den besten.
Ich habe nichts gefunden, keinen verdammten Follikel,
aber wenn es was gäbe, wäre es sicher Pollickel!
Also, entspann dich, relax und werde nicht zornicki,
die Experten werden schwören, mein Pollock ist Pollicky.

Aber was machte das Bild in Omas Sperrmüll,
bevor es mir zufällig in die Hände fiel?
Sagen wir mal, Großmutter führte ein lockeres Leben
vor ihrer Heirat, als sie noch ein Single gewesen.
Gerüchte besagen, sie war Teil der Bohème,
war der Liebling New Yorks,
Darling der künstlerischen Crème de la Crème.
(Übrigens: Mein Pollock war in Papier verpackt gewesen,
darauf war etwas getippt, sehr schwierig zu lesen.
Irgendein absurdes Gedicht über die Mutter der Nacht,
der Unterschrift nach von einem Kurt Vonne-sowieso gemacht.)

Wenn das Wort eines Mannes nicht reicht,
wenn das nicht genug ist,

um zu belegen, dass das Bild kein Betrug ist,
dann kommt hier etwas, das als ultimativer Beweis
dienen mag,
und dann steht nichts mehr zwischen mir und
dem großen Zahltag.
Oma wusste, es würde Zweifler geben und Kritteleien,
Nörgler, die sich gegenseitig bestärken in ihrem »Nein«.
Ein Aufmarsch von vermeintlichen Experten *en masse*!
Und um zu klären, wem Pollock das Bild hinterlasse –
schrieb sie darauf die Widmung: »Bobby O., 2. Klasse«!

Berühmte Zitate
– ungekürzte Fassung

»*Erkenne Dich selbst*. Mach schon. Beeil dich. Wir warten. Ach, vergiss es.«

– Sokrates

MEIN WASCHBRETTBAUCH

Ich werde oft gefragt, woher ich diesen fantastischen Waschbrettbauch habe. Er ist so klar definiert und hart, dass man es kaum fassen kann. Wäre ich Teil einer Realityshow über mich und meine Bekannten mittleren Alters, würde man mir in Anspielung auf meine Bauchmuskeln den Spitznamen »Das Mysterium« verleihen. Denn meine Bauchmuskeln passen nicht zu meinem Gesicht. Mein sorgenvolles, leicht aufgedunsenes Gesicht würde einen eigentlich eine schwabbelige Wampe erwarten lassen. Doch dann senkt sich Ihr Blick auf diese Bauchmuskeln, fein herausziseliert und wie Backsteine gestapelt, und Sie werden sich fragen: »Trainiert er zwei oder drei Stunden am Tag im Studio - oder trainiert er gar den ganzen Tag?« Vielleicht glauben Sie auch, ich hätte mir die Dinger bei einem Schönheitschirurgen in Beverly Hills gekauft. Doch mein Geheimnis ist einfach – dynamische Spannung! Konstante dynamische Spannung. Eine Spannung, die wirklich angespannt und dynamisch und dauerhaft ist – die beste Art von Spannung, die es gibt! Ich habe jeden Bauchmuskel genau analysiert und woher er seine Spannung bezieht, damit auch Sie schon bald einen Waschbrettbauch Ihr Eigen nennen können, von dem Sie immer geträumt haben.

Mein Bauchmuskel oben rechts ist straff und sehnig dank der weiterführenden Schule. Genauer gesagt, durch den Versuch, meinen beiden Kindern Plätze in einer guten weiterführenden Schule zu organisieren. Anträge ausfüllen, Informationsabende besuchen, Vorstellungsgespräche vorbereiten, Aufnahmeprüfungen absolvieren – das ist eine Menge Arbeit, und ich begleite sie auf diesem Weg bei jedem Schritt, stehe hinter ihnen, beuge mich über ihre Schultern (das spannt die Bauchmuskeln), schlucke hart (ebenfalls gut für die Bauchmuskeln), balle immer wieder die Fäuste (gut für die Fäuste). Danke, Kinder – Dad liebt euch, und Dad liebt den Bauchmuskel, den er euch verdankt.

Mein mittlerer Bauchmuskel auf der rechten Seite wölbt sich ansehnlich dank politischer Sendungen im Radio. Ich schalte beim Autofahren einfach einen reaktionären Sprecher ein, und während ich ihn wütend beschimpfe, spannt sich mein Bauchmuskel während ausgiebiger, ununterbrochener Wiederholungen. Einem Redner im Radio zu widersprechen, gibt mir außerdem dieses ohnmächtige, ausgelieferte Gefühl, nach dem ich süchtig geworden bin. Es ist besser als Drogen, weil es zusätzlich die Bauchmuskeln trainiert!

Der obere linke Bauchmuskel steht beeindruckend hervor, weil ich regelmäßig große Wasserbehälter in unsere Küche schleppe. Das Schleppen selbst hat keine Wirkung auf die Bauchmuskeln; es ist mehr der Teil, wo ich den vollen Behälter drehen und seine Öffnung, ohne etwas zu verschütten, in den Wasserspender platzieren muss. Diese Bewegung spannt und formt diesen wunderbaren Waschbrettbauch. Durch den kurzen Moment der Panik fokussiert sich die Anspannung mit der Präzision einer Laserpistole auf diesen Muskel. Anschließend noch auf dem verschütteten Wasser auszurutschen, kann zusätzlich eine sehr effektive Muskelanspannung im gesamten Körper erzeugen.

Der mittlere Bauchmuskel auf der linken Seite (nicht zu meiner Linken, sondern zu Ihrer, wenn Sie vor mir stehen) heißt Terrence. Es ist ein Respekt gebietender Muskel. Er spannt sich jedes Mal, wenn ich einen Artikel über die Erderwärmung lese. Die jeweilige Sichtweise des Artikels ist dabei nebensächlich; es reicht mir, daran erinnert zu werden, dass ich nichts gegen die drohenden Flut- und Umweltkatastrophen unternehmen kann, allein das versetzt diesem Muskel einen nachhaltigen Impuls, außerdem verbrenne ich durch das sorgenvolle Runzeln meiner Stirn jede Menge Kalorien. Am besten liest man solche Artikel direkt vor dem Schlafengehen, weil die begleitenden Alpträume die Muskeln bis in die frühen Morgenstunden weiterpumpen lassen!

Der Bauchmuskel unten rechts, der größte aller Bauchmuskeln – und daher der beeindruckendste –, kommt vom mangelndem Sex. Dieser Muskel ist immer leicht angespannt. Das ist er jetzt schon seit Jahren. Können Sie sich den unteren rechten Bauchmuskel des Dalai-Lama vorstellen? Er muss gewaltig sein. Ich hingegen habe kein Enthaltsamkeitsgelübde abgelegt, daher wäre das Ganze an sich eine ziemlich traurige Angelegenheit, würde ich dadurch nicht so einen gewaltigen Bauchmuskel erzielen.

Der untere linke Bauchmuskel ist schwieriger zu erklären, aber ich glaube, dass dieser Muskel sehr selbstkritisch ist. Er zittert die ganze Zeit vor Spannung, vor allem dann, wenn ich mich eigentlich entspannen sollte. Vermutlich sucht dieser Muskel eigenständig nach einer Existenzberechtigung und findet keine Antwort. Nichts stählt diesen Muskel so sehr wie Urlaub. Das ziellose in den Tag Hineinleben, das Fehlen von Abgabeterminen und Deadlines, formt ihn wie nichts anderes. Nach zehn Tagen Hawaii schaut dieser Muskel einfach fantastisch aus.

Abschließend sollten Sie Ihre Aufmerksamkeit noch meinen Extrabauchmuskeln schenken. Richtig, ich habe zwei Bauchmuskeln mehr als die meisten Menschen. Sie befinden sich in meinem unteren Rücken, und ich bekenne, sie wurden dort von meinem Beverly-Hills-Schönheitschirurgen eingesetzt. Man hat mir versichert, sie wären der letzte Schrei. Gott, ich hoffe, das stimmt. Denn die Dinger schmerzen wie die Hölle.

Berühmte Zitate
– ungekürzte Fassung

»*Nichts auf Erde verdient höhere Wertschätzung als echte Freundschaft;* aber was ist mit einer Fußbodenheizung im Badezimmer? Das kommt dem nahe - ziemlich nahe.«

– Thomas von Aquin

SHAKESPEARE IM PARK

GEFÄNGNIS – AUSSEN/TAG
VERSAMMLUNGSRAUM IM GEFÄNGNIS – INNEN/TAG

In einem tristen Versammlungsraum sitzen fünf Häftlinge in verblichenen orangefarbenen Overalls, alles harte Burschen. In diesem kalifornischen Staatsgefängnis sind die meisten Insassen Latinos. Ein weiterer Häftling mit schwerem Gang und zerfurchtem Gesicht kommt herein. Seine imposante Erscheinung unterstützt noch sein Respekt gebietendes Auftreten. Es ist Placidio, ihr Regisseur und das Alphatier in diesem Rudel – man legt sich besser nicht mit ihm an! Alle diese Häftlinge sind Teil einer Theatergruppe. Denn was sonst gibt es hier zu tun – schließlich ist es ein Gefängnis!

Placidio fordert die ohnehin schweigende Gruppe unnötigerweise zum Schweigen auf.

PLACIDIO

Okay, ihr Wichser, haltet verdammt noch mal die Klappe!

(*Stille*)

Und jetzt möchte ich euch allen zu der ausgezeichneten Aufführung von *Steamboat* letzten Freitag gratulieren. Die Rezensionen sind gekommen: Ihr seid der Hit des gesamten Gefängnisses. Aber bevor ihr euch groß was darauf einbildet, nenne ich euch eure Belohnung: Ihr kriegt es mit Shakespeare zu tun!! Dem unsterblichen Barden! Die ultimative Herausforderung jedes Häftlings: die Sprache, die Leidenschaft, der Geist!

Keine Reaktion der Versammelten. Sie sind sich nicht sicher, was sie davon halten sollen. Einige wittern die Herausforderung. Niemand klatscht sich ab.

PLACIDIO

Bevor ihr euch jetzt alle abklatscht, weil ihr in der letzten Produktion so fantastisch wart, dürft ihr auswählen, welches Stück wir aufführen.

LUIS

Äh, *irgendein* Shakespeare-Stück?

PLACIDIO

Welches ihr wollt. Es wird die Herausforderung eures Lebens … ihr Lebenslänglichen!

LUIS

Na ja, ich schätze, das ist nicht so leicht. Es gibt so viele …

Plötzlich meldet sich im hinteren Teil des Raums ROBERT zu Wort. Robert ist ein Wirtschaftskrimineller, der nur wegen Überfüllung des »Feine Leute«-Gefängnisses ein Stück die Straße runter hier gelandet ist …

ROBERT

Placidio hat Sie alle und mich vor eine spannende Herausforderung gestellt. Ich war bisher wohl keiner der eloquentesten Häftlinge, aber wenn Sie es mir gestatten, mich als ehemaliger Mäzen der Künste zu Wort zu melden, so würde ich votieren für … *Shakespeare im Park*

Die anderen Häftlinge sind sich nicht sicher, was sie von Robert halten sollen, aber man sieht, dass sein Vorschlag sofort Anklang findet.

RAFALIO

Klingt gut für mich.

RANDALL

Ja, das mag ich auch am liebsten.

Allgemeine Zustimmung in der Runde, aber bevor diese sich wie ein Flächenbrand ausbreiten kann, stellt Placidio noch einmal seine Absichten klar …

PLACIDIO

Okay, vielleicht habt ihr meine Frage noch nicht richtig kapiert, aber *welches* der großartigen Shakespeare-Stücke wollt ihr gerne aufführen?

ROBERT

Ich habe Sie sehr gut verstanden – ich bin ein großer Verehrer des Barden und ich würde *Im Park* vorschlagen. Dieses herausragende Stück. Der vollständige Titel ist *Shakespeare im Park.*

Die anderen Häftlinge, die Robert bisher kaum eines Blickes gewürdigt haben, sind plötzlich alle auf seiner Seite. Ihre erwachende Energie verdichtet sich zu einem enthusiastischen Gemurmel, das aber sofort verstummt, als Placidio eine Hand hebt –

PLACIDIO

Moment, ihr Wichser, wartet! So ein Stück gibt es nicht, Mann. Ich glaube nicht …

ROBERT

Äh, doch, das gibt es. Ich habe es vor vielen Jahren gesehen. Mehr als einmal. Es war fantastisch. Sie haben es draußen im Freien aufgeführt, genau so, wie Shakespeare es beabsichtigt hatte!

Rafalio, bisher kein großer Freund Roberts (einmal hat er sogar Robert zu töten versucht … genau genommen einmal täglich in den vergangenen vier Jahren), doch nun ist er plötzlich auf der Seite seines Feindes –

RAFALIO

Ja, ich hab davon gehört. Das verdammt beste Stück, dass der alte Bill Shakespeare je geschrieben hat.

EDDIE

Ich kenn es auch! Shakespeare im Park! Sie zeigen das jedes Jahr in meiner Heimatstadt New York.

Placidio zögert, er ist in der Hinsicht nicht wirklich sattelfest –

PLACIDIO

Okay, langsam, hört zu … ihr meint, ihr hättet also ein echtes Shakespeare-Stück gesehen, so wie Othello oder Richard der

Dritte oder Hamlet … *IM PARK.* Richtig? Stimmt das?

LUIS

Weiß nicht genau … es hieß jedenfalls *Shakespeare im Park*, als ich es gesehen habe.

Charlie, vierunddreißig, stark übergewichtig, mit feinen Zügen und flächendeckenden Tattoos im Gesicht, schaltet sich plötzlich ein, obwohl er auf diesem Terrain alles andere als zu Hause ist –

CHARLIE

(der immer sicherer wird, während er spricht)

Klar doch, ich auch … ich hab das Stück auch gesehen. Fand ich super. Ich liebe Shakespeare, alles von ihm, aber dieses eine … es ist definitiv das beste.

LUIS

Ja, Mann, da ist alles drin.

PLACIDIO

Was denn zum Beispiel? Was passiert in dem Stück?

LUIS

Also, dieser junge Typ schläft mit seiner Mutter, der Königin …

PLACIDIO

Das ist *Hamlet* …

RAFALIO

Genau, und dann dieser Vater-König, der seine Söhne tötet …

PLACIDIO

Richard der Dritte …

CHARLIE

… und dann am Ende erklären ihnen die Elfen im Gartens die Moral der Geschichte!

PLACIDIO

Also, das ist *Sommernachtstraum*, Mann! Du liegst völlig falsch -

LUIS

Nein, DU liegst völlig falsch – es ist Shakespeares großartigstes Stück: *Im Park*! Das ist es, was wir wollen, und mit weniger geben wir uns nicht zufrieden … richtig, Jungs?!

Alle Häftlinge fangen an, auf ihre Tische zu trommeln …

HÄFTLINGE
Im Park … Im Park … Im Park!

Der Regisseur, obwohl von seinem Äußeren her viel einschüchternder als die übrigen Häftlinge, beginnt zurückzuweichen – eine Revolte droht auszubrechen! Plötzlich fliegt die Tür auf und ein Wachmann und der GEFÄNGNISDIREKTOR DANIELS kommen herein.

GEFÄNGNISDIREKTOR
DANIELS
Was zur Hölle ist hier los? Beruhigt euch!
Alle!

Der Wachmann fuchtelt mit seiner Waffe, und die Häftlinge beruhigen sich.

GEFÄNGNISDIREKTOR
DANIELS
Was zum Henker geht hier ab, Placidio?

PLACIDIO
Diese Wichser können sich nicht entscheiden, welches Stück sie für die nächste Aufführung wollen.

LUIS

Wir haben entschieden! Wir wollen *SHAKESPEARE IM PARK* aufführen!

Die Häftlinge jubeln, aber der Gefängnisdirektor ist skeptisch, bis –

ROBERT

Placidio hat gesagt, wir hätten die freie Wahl, und wir haben uns für *Shakespeare im Park* entschieden – was ist daran falsch? Ich liebe dieses Stück, es bedeutet mir viel, es bedeutet uns allen sehr viel. Da ist alles drin: Liebe, Verrat, frische Luft, Sonnenlicht! Es ist das Unterhaltsamste, was der Barde je geschrieben hat!

Gefängnisdirektor Daniels denkt darüber nach, bis ihm einfällt, dass ihm das alles im Grunde am Arsch vorbeigeht.

GEFÄNGNISDIREKTOR DANIELS

Oh … na dann, haut rein. Es ist eins meiner Lieblingsstücke.

Die Häftlinge jubeln und umarmen einander.

GEFÄNGNISDIREKTOR DANIELS

Aber ich warne euch! Ich will das Ganze nicht in so einem künstlichen Park hier im Gefängnis sehen; wenn wir das machen, dann in einem richtigen Park, draußen! Theater ist sowieso immer so verdammt künstlich, das macht mich ganz krank. Ich will was fühlen – versteht ihr?! Lasst mich die Unendlichkeit sehen!

Die Häftlinge nicken … ganz genau, verdammt. Während sie feiern, wirft Placidio die Hände in die Luft – was hat er da nur angerichtet? Und wir hören, wie der Erzähler uns diese Frage beantwortet …

ERZÄHLER (OFFSTIMME)

Während der ersten Probe auf der Originalbühne entkamen alle Häftlinge aus Zellenblock Drei.

(*Stille*)

Aber die Zweitbesetzung aus Zellenblock Fünf sprang für sie ein und schrieb Theatergeschichte.

VERHALTEN IM BRANDFALL

Im Falle eines Brandes besteht kein Grund zur Panik: Das historische Hotel Dubonot, alias »Das Piano Hotel«, erbaut im Jahre 1914, hält allem stand. In seiner vielstöckigen Geschichte war das historische Dubonot - »Das Hotel mit dem Pianola in der Lobby« – bereits Schauplatz von mehr als 275 (offiziell bestätigten) Bränden – und sehen Sie es sich an! Schauen Sie sich nur um! Die alte Dame ist immer noch rüstig. Hier und da fehlt vielleicht ein bisschen Stuck, klar doch, aber das können wir ausbessern, und das werden wir auch, worauf Sie sich verlassen können. So etwas passiert bei uns ständig, also kein Grund zur Besorgnis.

Warum so viele Brände? Das verdankt sich möglicherweise dem Umstand, dass das historische »Dubonot: das Hotel mit der unermüdlichen Musikmaschine«, direkt über einer wenig bekannten Erdspalte San Franciscos steht, durch die Erdgas entweicht. Ein schöner Nebeneffekt dieser beständig aufsteigenden Gaswolke ist das wundervolle Aroma von rohen Eiern, das durch jede Ecke und jeden Winkel weht. 1989 beschloss der Chefkoch von *Pierre's*, unserem hoteleigenen Restaurant, diesen Nachteil in einen Vorteil zu verkehren, und schickte sich an, die besten Omeletts der Stadt zu backen. Er hatte durchschlagenden Erfolg damit und wird heute im *Guinness Buch der Rekorde* als der Chefkoch gelistet, der »die meisten Eier im Jahr aufschlägt« und der »die meisten Küchenbrände überlebte« (229 Feuer).

1916 erbaut, steht das historische Dubonot nicht, wie Gerüchte es wollen, ständig in Flammen. Es steht, um es richtiger zu sagen, »üblicherweise« in Flammen. Ein weiteres passendes Wort, das mir dabei in den Sinn kommt, ist *häufiger*. In unserer »legendären« Lobby spielt seit 1969 durchgehend ein selbstspielendes Piano, und nur siebenundachtzig der Brände haben die Lobby vollständig verwüstet. Achtundsiebzig Feuer wurden gelöscht, bevor sie die Lobby erreichten, hundertsiebenunddreißig Feuer beschränkten sich auf das Erdgeschoss, und nur sechsundfünfzig Brände waren heftig genug, das Klavier selbst zu verschlingen. Rätselhafterweise brachen hundertsiebenundachtzig der Feuer, deren Ursache Brandstiftungen war, in der Nähe des Pianos oder im Piano selbst aus – als wären sie ein Dankeschön für die unaufhörliche musikalische Beglückung.

Sollte das historische Hotel Dubonot von Flammen eingeschlossen sein, vermeiden Sie bitte die Aufzüge und benutzen Sie die Treppen.

DIE ZWEITE BEGEGNUNG VON JESUS UND LAZARUS

Jeder kennt die Geschichte, wie Jesus Lazarus von den Toten auferweckte.

Außer Ihnen natürlich. Sie haben sie vergessen. Die ganzen Details. Die genauen Vorgänge. Na ja. Also gut, dann noch mal …

Wie es schien, war Lazarus, der Bruder von Maria von Bethanien, krank geworden, schwer krank, so wie das damals bei den Leuten in der Wüste häufiger vorkam. Das geschah, als Jesus gerade die Stadt verlassen hatte – er hatte dort »gelehrt« und war angebetet worden. Laz' Schwester hatte sogar Jesus' Füße gewaschen. Nett von ihr. Jedenfalls war Jesus gerade auf seiner allgemeinen Bekehrungs-»Mission«, als sein sechster Sinn klingelte. Er wusste, er musste umkehren. Und jetzt kommts: Als er zurückkehrte, lag Lazarus bereits vier Tage im Grab und war also schon ziemlich hinüber. Aber das hielt Jesus kein bisschen auf, er marschierte allein direkt ins Grab und kam mit

Lazarus an seiner Seite wieder heraus, wobei er die ganze Zeit über pfiff und mit den Augen zwinkerte. Okay, also, ich bin mir nicht sicher, ob er wirklich pfiff und zwinkerte, aber er war sicher in der Stimmung dazu. Schließlich war Lazarus tot gewesen, und jetzt war er es nicht mehr. Wenn es je sowas wie eine »enorme Qualitätsverbesserung« gegeben hat, dann war das eine.

So, das war die Kurzfassung, aber Moment – das war nicht die einzige Begegnung von Jesus und Lazarus. Ein paar Monate später trafen sie sich erneut. Jesus stand gerade draußen vor einem Tempel und versuchte nicht weiter aufzufallen, weil er mal eine Pause vom Messias-Sein brauchte, und Lazarus war drei Tage und Nächte gereist – an einem Tag hatte er sich aufgrund der Hitze verlaufen –, bevor er schließlich in der Gegend eintraf, wo J.C. sich aufhielt. Lazarus stürmte direkt auf ihn zu, um ihm zu danken und ihm ein paar Fragen zu stellen …

Ich denke, das Gespräch könnte in etwa so verlaufen sein.

(Lesen Sie den Text laut und mit der Stimme von Bob Newhart.)

Jesus! Hey, Jesus! Hi … hey … ich bins.

Wie, du erinnerst dich nicht mehr an mich? Du hast mir doch geholfen.

Nein, schon klar, du hilfst natürlich »einer Menge Leute«. Aber du wirst dich sicher an mich erinnern – ich meine, du hast mir ECHT geholfen.

Ich bin Lazarus! Der tote Typ! Du hast mich wieder lebendig gemacht! Ja, genau, *der* Lazarus! Richtig. Ja, also … ich wollte einfach nur »Danke« sagen und dir ein oder zwei Fragen stellen, wenn es gerade passt. In Ordnung? Prima, ausgezeichnet. Zunächst mal, falls du dich das vielleicht gefragt hast, mir geht's echt gut. Ich hab alles im Griff, hab Spaß am Leben – na ja, letzte Woche ist mal wieder mein Bein eingeschlafen und das hat mir einen ziemlichen Schrecken eingejagt, aber dann habe ich es heftig geschüttelt und alles war wieder im grünen Bereich. (*kichert*)

Ach ja, stimmt, meine Frage. Naja, meine Frage lautet einfach: Werde ich *jemals* sterben?

Ja? Ich werde also sterben … *noch mal*? Wow, du scheinst dir ja ziemlich sicher zu sein – das kam wie aus der Pistole geschossen. Klar, ich glaube dir. Aber … ich schätze, die Frage, die sich einem automatisch aufdrängt … wo und wann und … wie werde ich *noch einmal* sterben? (*Nervöses Lachen*)

Du weißt es also, willst es mir aber nicht verraten? Okay, ich hab mir schon gedacht, dass du da irgendeine Regel hast. Ich schätze, sonst würden dir die Leute ständig Löcher in den Bauch fragen. Alles klar, aber, äh … da ist noch eine Sache: Wenn ICH TATSÄCHLICH erneut sterbe, WENN ich ein zweites Mal sterbe, wirst du dann wieder vorbeikommen, um mich von den Toten zurückzuholen? Oder war das eine einmalige Sache?

Eine einmalige Sache also. Ach so.

Bist du wirklich sicher?

»Ziemlich sicher.« Wie sicher genau? Ich meine, gibt es eine zwanzigprozentige Chance, dass du mich erneut auferweckst? Fünfzehn? Nein? Zehn? Drei? Weniger als drei Prozent? *Keine Chance.* Okay. Wow. Das ist …

Nein, ich versteh schon. Ich bin an sich nicht enttäuscht … Vielleicht *will* ich ja auch gar nicht immer wieder zum Leben erweckt werden, aber ... was, wenn ich dich darum bitten würde? Ich meine, was wäre, wenn ich dich bitten würde, mich von den Toten aufzuerwecken, du weißt schon, während ich gerade sterbe?

Immer noch ein Nein. Wow, du wirkst in der Sache ziemlich entschieden. Okay. Aber ich finde, das ist irgendwie ein bisschen unfair. Schließlich bin ich ja schon einmal gestorben, und das war nicht gerade ein Zuckerschlecken, und jetzt *darf* ich es noch mal tun. Ich will mich ja nicht beschweren, aber …

Wie war das? Wenn ich an dich glaube, dann werde ich ewig leben? Dann werde ich also überhaupt nicht sterben?

Oh, du meinst »im übertragenen Sinn« werde ich ewig leben – in einer Art Himmel, oder sowas? Wie ist es dort so? Was geht da ab?

Also, das ist irgendwie so ein jenseitiger Ort, wo alle Tag und Nacht deinen Lobpreis singen? … Ja, na ja, nein, ich habe schon verstanden, warum *du* es für einen tollen Ort hältst. Es klingt nur...

Meine toten Verwandten werden auch alle dort sein? Versuchst du es jetzt *weniger* attraktiv klingen zu lassen? Wie auch immer, erneut vielen Dank für, du weißt schon – *dieses eine Mal*, und ich schätze, wir sehen uns mal wieder, okay?

(*Lazarus spaziert nachdenklich davon, doch schon nach wenigen Schritten kehrt er um und rennt mit einem breiten Grinsen im Gesicht zu Jesus zurück.*)

Hey, warte – jetzt kapiere ich, wie der Hase läuft! Als ich letztes Mal gestorben bin, war ich vier Tage tot, bevor du mich auferweckt hast! Du wolltest, dass ich denke, es würde ewig dauern! Und dann tauchst du plötzlich auf und *Boom*! Ich bin auferstanden! Was hast du diesmal vor? Wirst du mich vielleicht *fünf* Tage warten lassen? Tsss ... Du hältst mich zum Narren! Du erlaubst dir ein Späßchen mit mir!

Oh – du meinst es wirklich ernst, du wirst mich NICHT wieder auferwecken? Ich glaub dir nicht, Mann ... Ich sehe dein Grinsen – mich täuschst du nicht. Netter Versuch ... echt netter Versuch.

(*LAZARUS zwinkert Jesus zu und schlendert nickend und grinsend davon. Jesus starrt kopfschüttelnd zu Boden.*)

VERBLÜFFENDE NEUE FAKTEN ÜBER JESUS

Letztes Jahr wurde eine brandneue Qumram-Rolle entdeckt und entziffert, wobei faszinierende neue Fakten über die historische Figur Jesus ans Licht kamen.

1. Jesus Christus wurde zu seiner Zeit üblicherweise Jesus genannt und nur seine engsten Freunde durften ihn »Jesses« nennen.
2. Er hat NIEMALS den Namen Heiliger Jesus im Himmel verwendet, unter dem wir ihn kennen. Allerdings gibt es Dokumente, die mit »Heiliger Bimbam« und »Allmächtiger Jesus« unterzeichnet sind. Es deutet jedoch nichts darauf hin, dass er unter den Spitznamen »Jesus Maria Kreuzkruzifix noch mal« oder »Jessesmaria« aufgetreten wäre.
3. Jesus hat einmal eine Benefizgala im Revuestil für Leprakranke veranstaltet, bei der er selbst in einer Travestienummer als »Jeez-Louise« auftrat.

Berühmte Zitate – ungekürzte Fassung

»Ein Mädchen sollte zwei Sachen sein: elegant und fabulös. Ach, und oberflächlich – richtig, richtig oberflächlich.«

– Coco Chanel

SIE WOLLEN SICH ALSO EIN TATTOO ZULEGEN!

»Ein Tattoo ist für immer« – Stephen Hawkings*

LASSEN SIE SICH ZEIT!

Es ist wahr: Ein mit dauerhaften Tätowierfarben gestochenes Tattoo tragen Sie für immer und ewig auf Ihrem Körper, daher sollten Sie die RICHTIGE WAHL treffen. Lassen Sie sich ausreichend Zeit, denken Sie gründlich über das Motiv nach, überlegen Sie, was eine echte Bedeutung für Sie besitzt, und stellen Sie sich vor, wie das Bild über die Zeit hinweg mit Ihnen altern wird. Wenn Sie das bedacht haben, schlagen wir Ihnen drei Kriterien vor, die Sie auf Ihrer Jagd nach dem richtigen Tattoo-Motiv beachten sollten:

1. Seien Sie nicht in Eile
2. Seien Sie nicht betrunken
3. Seien Sie nicht betrunken und nicht in Eile.

* Ich meine nicht Stephen Hawking, sondern diesen anderen Typen – diesen Fetten, der immer Banalitäten von sich gibt.

Das sind recht simple Anweisungen, aber wenn Sie ihnen trotzdem nicht folgen, dann ist das durchaus nachvollziehbar. Diese Regeln werden aus Nervosität häufig missachtet, einfach wegen der Aussicht, dass man ein Tattoo in seine Haut gestochen bekommt, das für immer und ewig dort bleiben wird.

Also, Sie sind trotzdem fest entschlossen, richtig? Sie wollen sich durch nichts und niemanden davon abbringen lassen, sind betrunken und wollen es jetzt sofort durchziehen? Ausgezeichnet. Gut, dass ich diese erste Liste zusammengestellt habe. Weiter.

MACHEN SIE EINE LISTE, VON DINGEN, DIE SIE MÖGEN!

Sie sollten unbedingt eine Liste von Dingen aufstellen, die Sie mögen. Es sollten möglichst keine Dinge sein, die Sie heute mögen, oder diese Woche, oder dieses Jahr. Vielmehr sollten es Dinge sein, die Sie bereits seit sehr, sehr langer Zeit mögen. Im Folgenden finden Sie eine exemplarische Liste. Es ist nicht notwendigerweise die Liste, die Sie selbst aufstellen würden, aber sie kommt ihr ziemlich nahe, daher können Sie sie der Einfachheit halber verwenden, da Sie betrunken und in Eile sind.

Exemplarische Tattoo-Motiv-Liste:

1. Mutti (deine)
2. Lieblingsfilm (z. B. *The Big Lebowski*)

3. Name der Freundin (z. B. »Jessica«)
4. Lieblingsrockband (z. B.: »RUSH«)
5. Lieblingsalbum / Jahr (z. B. *2112*)
6. Keltisches / Yin-Yang-Design
7. Etwas, das Sie mögen, immer gemocht haben und immer mögen werden (z. B. »Ein Stück Schokoladenkuchen«)

Lassen Sie uns nun einen genaueren Blick auf Ihre Liste werfen.

Beginnen wir mit »Mutti«, dem Klassiker. Er wurde populär durch Männer, die ihre Zeit in den Schützengräben des Ersten Weltkriegs zubrachten und in seinem Sequel *Der Zweite Weltkrieg: Deutschland schlägt erneut zu*. Diese Männer trafen kluge Entscheidungen, sie legten sich Tattoos zu, die sie an ihre Mütter erinnerten – die einzigen Frauen, die sie wahrhaft geliebt hatten. Dabei muss man natürlich bedenken, dass es sich um die erste Hälfte des vergangenen Jahrhunderts handelte und ihre Mütter Hausfrauen waren. Moderne Mütter haben alle einen Job, damit sich die Familie zwei Autos und alle möglichen drahtlosen Elektronikspielereien (und ein Haus) leisten kann, weswegen wir uns diesen Müttern aus guten Gründen wesentlich weniger verbunden fühlen. Streicht also Mutti von der Liste.

Kommen wir zum zweiten Punkt – dem Lieblingsfilm. Hier haben Sie die Möglichkeit, sich den Titel des Films oder eine Figur daraus tätowieren zu lassen – wie zum Beispiel den populären Charakter des Dude aus *The Big Lebowski*. Das wird Sie auf ewig an diesen durchhängenden Kiffertypen erinnern, der Sie bei jedem seiner Auftritte sofort grinsen ließ. Doch jetzt kommt der Haken: Wenn Sie sich dieses Tattoo zulegen, werden die Leute immer wieder diesen Film für Sie spielen wollen – bei jedem Geburtstag, jedem Junggesellen-(oder Junggesellinnen)-Abschied, am Vatertag. Glauben Sie mir, kein Film hält einem so häufigen Betrachten stand. Ich kenne einen Typen mit einem Bild von *Napoleon Dynamite* auf seinem Unterarm und er wird ständig gefragt: »Magst du diesen Film immer noch?«, worauf er üblicherweise grinst und erwidert: »Ach, rutsch mir doch den Buckel runter.«

Dasselbe gilt für die beiden nächsten Tattoo-Motive auf Ihrer Liste: Ihre Lieblingsrockband und/oder Album. Ihr Geschmack wird sich ändern, wenn Sie älter werden. Wenn Sie Wenn sie fünfzig sind, hören Sie vielleicht überhaupt keine Musik mehr und begeistern sich stattdessen für politische Sendungen im Radio und die Kommentare Ihres Lieblingsexperten. Oder Sie bezahlen horrende Summen für eine Konzertkarte, wenn Ihre »Lieblings«-Band sich noch einmal zu einer »letzten Tour« zusammenrauft, bei der ihre Musik aber richtig Scheiße klingt und der Schlagzeuger aussieht wie der griesgrämige Nachbar, der Ihnen als Teenager immer die Polizei auf den Hals gehetzt hat. Ich garantiere Ihnen, Sie werden von Ihrer Lieblingsmusik irgendwann die Nase gestrichen voll haben, egal wie sehr Sie diese im Augenblick lieben. Allerdings könnten Sie sich natürlich ein Tattoo von »Weird Al« Yankovic zulegen, der dank seines grandiosen Humors ein »Dauerbrenner« ist und für immer angesagt bleiben wird.

Lassen Sie sich keinesfalls ein keltisches Symbol oder ein Yin-Yang-Zeichen stechen. Die sind einfach nur dekorativ. Leute werden Sie nicht einmal danach fragen. Und zu was ist ein Tattoo nutze, wenn es in den Menschen Ihrer Umgebung nichts auslöst? Schließlich wollen Sie doch ein Statement irgendeiner Art machen. So betrunken sind Sie doch jetzt wirklich nicht, oder?

Zu guter Letzt bleibt etwas, das Sie mögen, immer gemocht haben und immer mögen werden. »Ein Stück Schokoladenkuchen.« Ist das ein zulässiges Tattoo? Ich habe es noch nie an jemandem gesehen, aber ich sage Ihnen meine Meinung dazu. Alle mögen Schokolade und alle mögen Kuchen. Menschen mögen sogar noch Schokoladenkuchen, wenn sie gerade ein großes Stück davon gegessen haben. Kinder mögen es, muffige Teenager mögen es und alte Menschen mögen es. Wo auch immer Sie sich aufhalten, Menschen werden Ihr Tattoo sehen und Sie sofort sympathisch finden! Und jedes Mal, wenn Sie in den Spiegel schauen und es sehen, werden Sie sich fragen: »Warum habe ich mir das machen lassen? Ach ja, richtig – ich liebe Schokoladenkuchen! Ich sollte mir gleich ein Stück besorgen! Danke, Tattoo!«

Also, damit ist die Frage hinreichend beantwortet. Sie lassen sich entweder ein Tattoo von »Weird Al« Yankovic oder die Worte EIN STÜCK SCHOKOLADENKUCHEN stechen. (Unter uns gesagt, ich hoffe, Sie wählen den Kuchen – es würde mich zum Lachen bringen.)

EINE ZUKUNFTSVISION

Wir schreiben das Jahr 3012 und alle Lebensmittel sind glutenfrei. Restaurants, Supermärkte und Bäckereien verkaufen keine Produkte mit Gluten mehr, und Sie werden es kaum glauben: Alles schmeckt immer noch großartig. Doch das ist nicht das Einzige, was sich verändert hat.

Die Zeit, die Menschen dadurch einsparen, dass sie nicht mehr fragen müssen – oder die Frage beantworten müssen – »Ist das glutenfrei?«, hat die durchschnittliche Lebensdauer um geschätzte vierzehn Stunden verlängert. Diese »gewonnene Zeit« verwenden die meisten Menschen nun darauf, im Internet negative Beurteilungen über Dinge zu schreiben, die sie gesehen, gehört oder von denen sie durch Hörensagen erfahren haben.

Autos fahren mit glutenfreiem Treibstoff, was eine Verbesserung gegenüber dem grünen Treibstoff ist, der im Jahr 2567 das Benzin vollständig ablöste. Der grüne

Treibstoff basierte auf einer Mischung aus Weizen, Seetang und Currypulver. Er steckte voller Gluten, außerdem stank dadurch alles nach Curry. Ich meine buchstäblich alles – die komplette Welt *draußen* – Curry.

Ein Rassenkrieg tobt. Latinos und Asiaten teilen heftig aus. Schwarze und Weiße müssen gehörig einstecken. Es gibt jede Menge Tote, aber glücklicherweise hat das keine Auswirkungen auf die Bemühungen, den Anteil von Gluten in Lebensmitteln weiter zu verringern.

Jerusalem ist eine friedliche Stadt. Israel ist zu den Grenzen von 1967 zurückgekehrt und Palästinenser und Israelis sind beste Freunde. Interessanter Fakt: In Palästina werden mehr Bar Mitzwahs durchgeführt als irgendwo sonst auf der Welt. Bei diesen Bar Mitzwahs werden nur glutenfreie Speisen serviert – aber das haben Sie sich sicher schon gedacht.

Im Jahr 2997 fand der Wissenschaftler Dontaurius Morgan endlich einen Weg, sämtliches Gluten aus Lebensmitteln zu entfernen, ohne dass sie dadurch ihren Geschmack oder ihre Konsistenz einbüßen. Er hatte bereits eine erfolgreiche Karriere als Football-Spieler hinter sich, er spielte als Halfback bei den Liverpool Beatles, bis er die maximale Zahl von erlaubten Gehirnerschütterungen erreicht hatte. Anschließend besuchte er die Harvard-on-the-Moon-University, ein Ableger der Universität von Phoenix, der renommiertesten Stätte höherer Bildung weltweit. Überall stehen Statuen von Dontaurius. Angeblich bringt es Glück, der

Statue den Bauch zu reiben und sie in die Brustwarzen zu kneifen. Irgendwie ein bisschen schräg, aber … so ist das eben.

Ein Raumschiff namens *Enterprise* reist seit annähernd hundert Jahren durch den Weltraum, schürt überall Konflikte und bricht Streits vom Zaun. Experten vermuten, dass die Crew versucht, Gluten wieder in die Nahrungsmittelversorgung einzuführen.

Menschen werden jetzt im Durchschnitt hundertdreißig Jahre alt – und sie leben glücklich und zufrieden. Meine Frau kann überall alles essen, ohne vorher anzurufen und nach den Inhaltsstoffen der Speisen fragen zu müssen, beispielsweise, ob sie glutenfrei sind. Daher gehen wir häufiger aus, haben mehr Spaß und unser Leben ist ziemlich super. Wenn da nur dieser schreckliche Rassismus nicht wäre.

NACHRUF AUF DEN ERFINDER DES LÜCKENTEXTSPIELS »MAD LIBS«

In Canton, Connecticut, einer Stadt, die bekannt für die *Klebrigkeit* ihrer *Popel* ist, starb eines Dienstags ein stinkiger alter Mann an einer guten Krankheit in seinem Haus in der *Gammelgasse* 345. Mr. Preston Wirtz, dessen Eltern *Ida und Dödel* auf einer kleinen Farm *Pudding* anbauten, verschied auf seiner *gelblichen Toilette*. Mr. Wirtz war in *Usbekistan* ausgesprochen *unbeliebt* wegen seiner Büchern mit Wortspielen, die er für *schlüpfrige* Kinder schrieb. Diese Bücher wurden überall als »Mad Libs« bekannt und gefielen *haarigen Griesgramen* und *verfurzten Opapas* gleichermaßen. Bei *großen Elfen* erfreuten sie sich allerdings niemals sonderlicher Beliebtheit, und über eine Dekade hinweg wurden nur *zwei* pro Jahr verkauft. Als seine *eifersüchtige* Ehefrau, die nichts außer einem *Eierkarton* und *Flipflops* trug, gebeten wurde, Mr. Wirtz zu beschreiben, charakterisierte sie ihn in knappen Worten als »*den übelriechendsten, lautschmatzendsten, pickelfüßigsten Holzbock*, der mir je begegnet ist. Ich werde ihn und seine *zerbrochenen Unterhosen* sicher *niemals im Leben vermissen.*« Dann weinte sie sich in ihrem *Furzhaus* in den Schlaf.

Berühmte Zitate
– ungekürzte Fassung

»*Es ist die Arbeit, die niemals begonnen wurde, die am längsten zu ihrer Vollendung braucht.* Aber das ist nichts im Vergleich zum Schreiben einer Trilogie – dazu braucht man eine gottverdammte Ewigkeit!«

– J.R.R.Tolkien

WIR HABEN GENUG VON IHNEN, ODENKIRK

Ein verdammtes halbes Jahrhundert gibt es mich jetzt. Das ist mehr als genug.

Natürlich bin ich zutiefst dankbar, dass ich bisher unter dem gnadenlosen Radar des Todes geflogen bin. Denn würde er meine traurige Gestalt je ins Visier nehmen, würde er mich sicher sofort als »reine Zeit- und Raumverschwendung« bezeichnen, blitzschnell seine Sense zücken und in einer Nahaufnahme knurren: »Ich liebe meinen Job.« Dann würde er in donnerndem Surround-Sound dämonisch kichern, durch ein Zeitloch schlüpfen und mich zur Strecke bringen, während ich ahnungslos über eine verkehrsreiche Kreuzung in L.A. latsche und dabei auf meinem Smartphone ein britisches Klatschmagazin lese. Und zur Hölle, ich hätte es nicht anders verdient, oder?

Ich habe es meinen Kindern schon gesagt: Wenn ich sterbe, bitte keine Paraden. Keine Paraden und keinen mir gewidmeten Feiertag. Begeht es in Schlichtheit und

Würde. Ich will nur eine einfache Statue. Eine simple, lebensgroße Statue, maßstabsgetreu – bis auf den Schritt. Da könnt ihr ruhig ein bisschen übertreiben, um der alten Zeiten willen. Dann stellt ihr das Ding auf einem Marmorsockel im Foyer des Weißen Hauses auf. Das ist alles. Weil ich gerne als ein weiterer großer Amerikaner mit einem etwas überdurchschnittlichen Gemächt in Erinnerung bleiben möchte. Danke dafür im Voraus.

Manchmal kommen Menschen, die ich länger nicht gesehen habe, auf mich zu und sagen ehrlich überrascht: »Bob, bist du das? Wow, du schaust großartig aus!« Aber ich empfinde das nicht als Kompliment, weil ich nur »okay« ausschaue, einfach nur okay. Ich frage mich: Wie alt, müde, kahl und fett habt ihr erwartet, dass ich aussehen würde? Habt ihr damit gerechnet, dass ich bei unserer nächsten Begegnung ein schwabbeliger, miefender, haariger Fleischklops sein würde, den ihr kaum wiedererkennt, wenn euch mein persönlicher Krankenpfleger nicht über meine wahre Identität aufklären würde? Wie glaubt ihr, schaut mein Leben aus, wenn ich nicht gerade direkt vor euch stehe? Meint ihr, ich hocke in der Sonne, schlinge Burger in mich rein, trinke Bier, höre Softrock und schmelze langsam vor mich hin? Ich habe ein Leben, gottverdammt! Ein bisschen mehr Anerkennung bitte.

WEITERE WERKE DES AUTORS

SIE WOLLEN ALSO EIN BUCH SCHREIBEN?

In diesem Meisterwerk des Ratgeber-Genres stellt Bob Odenkirk seinen Lesern zahlreiche spannende Fragen: Sie wollen also ein Buch schreiben? Echt? Warum das denn? War Ihnen dieses hier etwa nicht gut genug? Und was ist mit den anderen zwanzig Milliarden Büchern, die Sie umsonst in der Bibliothek ausleihen können? Oh, ich verstehe, in keinem davon geht es um Ihre persönliche Lebensgeschichte. Sind Sie sich sicher? Haben Sie es überprüft? Überprüfen Sie es erneut.

KATALOG MEINER GEFÜHLE

Eine Liste – buchstäblich eine Liste – der Gefühle des Autors. Nicht nummeriert. Weder in alphabetischer noch in chronologischer Reihenfolge. Völlig ohne Kommentar, nichts wird detailliert ausgeführt oder konkret beschrieben. Hält den Weltrekord für »den häufigsten Gebrauch des Wortes wütend in einem Buch«. Faszinierend.

WIE MAN PAPIER RECYCELT

Ein sechs Kilo schweres Buch, gedruckt auf 100 Prozent recyceltem schwerem Cardstock-Papier. Hält, was es verspricht.

DANKSAGUNG

Ich danke Mike Sacks dafür, dass er mir lange gut zuredete, Dave Eggers dafür, dass er dem Projekt Leben einhauchte, Andrew Leland und Dan McKinley, dass sie allem den letzten Schliff verpassten, und Sharon Alagna, dass sie mein Autorenfoto schoss. Miss Sally Pembertons Vorwort wurde mir großzügigerweise von Megan Amram zur Verfügung gestellt. Illustrationen im Buch stammen von Tony Millionaire. *Happy End* wurde von Scott C. illustriert. »Hat mich nicht überzeugt«, »Porträt des Künstlers« und »Waschbrettbauch« erschienen in leicht anderer Form zuerst im *New Yorker* (oder auf newyorker.com). Nicht zuletzt danke ich dem Direktor und den Mitgliedern der LilyGuild NY Local 214, ohne deren Unterstützung dieses Buch niemals entstanden wäre.